U0526769

诺贝尔文学奖作家文集·艾略特卷

大教堂凶杀案

[英] T.S.艾略特 / 著

李文俊　袁伟 / 译

Murder
in
the Cathedral

漓江出版社
·桂林·

"诺贝尔"与漓江血脉相连
——"诺贝尔文学奖作家文集"序

张 谦

"诺贝尔文学奖作家文集"从 2015 年 10 月问世,迄今已囊括 24 位诺奖作家作品,出版平装本 4 种、精装本 34 种,在制及储备选题 30 余种,成了读书界一个愈加引发关注的存在,被读者区别于漓江[①]之前的"老诺""红诺",亲切地称为"黑诺"[②]。所以,确实到了一个梳陈、小结我社"诺贝尔文学奖作家文集"出版情况,向大家汇报的时间点。

"诺贝尔"是漓江的基因和脉动,是时光深处的牧歌,是漓江人为之集结的号角。中间我们有过十来年的停顿和涣散,"诺贝尔"不知道去哪儿了,历史的演进回环往复,背阴面的不可理喻,本身就是存在的冰冷逻辑。2012 年我回到社里,开始几年做不了什么事,

---

① 无特殊说明,此文中均指漓江出版社。
② "老诺""红诺""黑诺",不同阶段漓江版"诺贝尔"系列丛书。"老诺""红诺"均指"获诺贝尔文学奖作家丛书"。"老诺"(精、平装)的装帧设计者是翁文希,奠定了读者心中最早的漓江版"诺贝尔"品牌形象;"红诺"(精、平装)是上海装帧设计家陶雪华的设计,启用烫金元素,与微呈橘红色的封面相映生辉,彰显气派;"黑诺"(主推精装)指"诺贝尔文学奖作家文集",是我社主力美编、装帧设计家石绍康的设计,内敛雅致,独具匠心,以黑色为主体衬色,烘托出作家肖像的大师气场。

当时的社领导提醒说："不要搞什么套书，一本一本地做！"所以2015年4月最早出来的加缪《鼠疫》平装本，上面没打丛书名。也是2015年4月，我被接纳为社班子成员，担任副总编辑。2015年10月，第一本落有"诺贝尔文学奖作家文集"（以下简称"作家文集"或"文集"）丛书名的图书诞生了，它是加缪《西绪福斯神话——论荒诞》（平装本）。当年年底，刘迪才社长到任，带着上级管理部门"把漓江做大做强"的精神，旗帜鲜明抓主业，抓核心板块和漓江传统优势外国文学品牌。"作家文集"在2016年接续做了两本"加缪卷"平装本《局外人》和《第一人》以后，开足马力做精装。记得问世的第一个精装本，是美国作家辛克莱·路易斯的《大街》，拿到样书的那一刻，直觉告诉我：路子对了。

然而并不是找对了路子就没有繁难，是的，时代变了，市场变了。在对诺贝尔文学奖新晋得主的追捧几成赌局的当下，文学出版即便携资本入场也不够了，成了资本加运气的博弈。此时回过头来再看上个世纪八十年代的漓江，那出版江湖中的一抹清流，乘着改革开放的春风，在中国图书市场所开创的"诺贝尔"蓝海，抓住了稍纵即逝的"窗口期"，成就了不可复制的"漓江现象"①。

"书荒"时代进场，带领漓江同仁做"获诺贝尔文学奖作家丛书"的刘硕良前辈，"使得建社不久又偏居一隅的漓江出版社，以有计划和成规模地推出外国文学优秀作品，很快成为全国外国文学方面的出版重镇。这是一段值得人们津津乐道的出版佳话，也是一个

---

① 见李频《改革开放出版史中的"漓江现象"》，我社即将出版的《围观记》序一。

值得大书一笔的出版传奇"[1]。改革开放伊始，解放思想，实事求是，读者重新经历了思想启蒙，无异于继十九世纪末严复翻译《天演论》以后国人再次"睁眼看世界"，"我们没有失去记忆，我们去寻找生命的湖"[2]。漓江当时提供给读书界的诺贝尔文学奖读物，重在一人一卷的快捷出场，速成阵容，从小对史、地感兴趣的刘硕良，围绕题中之义，于无形中给读者提供了第一印象的新鲜概念和地图式导览。从1983年年中开始推出诺奖丛书头四种——《爱的荒漠》《蒂博一家》《特雷庇姑娘》和《饥饿的石头》[3]，到二十世纪末，总共出了八十余种。"让中国读者了解到世界上除了巴尔扎克、托尔斯泰、高尔基，还有很多优秀的作家，诺奖作家就是其中很重要的一个组成部分。"[4]

那是一个百废待兴，连常识都需要重新建构的时代。彼时，压力来自外部，更多以阻力形式呈现。"漓江的开拓并非一帆风顺，诺贝尔丛书的上马就遭到一些大义凛然却并不甚明了真相或为偏见所左右的人士的非议"[5]，但形势比人强，改革开放的大潮激浊扬清，建设的主流压倒了破坏，给各行各业满怀豪情的建设者提供了施展才华的空间。漓江因此而实现了勇立潮头满足读者的需要（而且读

---

[1] 见白烨《"围观"与"回望"的意义》，我社即将出版的《围观记》序二。
[2] 见北岛诗作《走吧》。
[3] 其中《爱的荒漠》和稍后出版的《我弥留之际》《玉米人》一起，荣获新闻出版署主办的首届全国优秀外国文学图书奖一等奖。
[4] 见《一个闪亮的名字联系一个时代的文学记忆——刘硕良：把诺贝尔介绍给中国》，《新京报》记者张弘采写，2005年4月5日《新京报·追寻80年代》。
[5] 见刘硕良《改革开放带来的突破和飞跃——漓江出版社诞生前后》，《广西文史》2008年第4期。

者面很广，工农兵学商[①]），并与未来将要实现影响力的成长中的各界精英达成了精神源头的水乳交融和灵魂共振——很多后来成名成家人士，皆谈及上世纪八十年代受过漓江版外国文学图书滋养，有的几度搬家，甚至远涉重洋，至今书架上仍小心珍藏着漓江的老版书。

就这样，我们前有光荣的家史，前辈的激励，后有加入世贸组织后对于头部资源的白热化市场竞夺，有业界同行在经典名优赛道的竞相追逐，想要在其中脱颖而出，确非易事。当初外在的压力，变成了现在内在自我提升的动力：你敢不敢自己跟自己比，有没有勇气和能力对标漓江光辉岁月，提振传统并发扬光大？种种繁难之下，依然得努力往前走，这也便是人生的挑战和乐趣所在。

今年是做"诺贝尔文学奖作家文集"的第八个年头，也是我正式就任漓江总编辑的第一年。九十高龄的刘硕良老师从年初就开始屡屡打电话给我，让我挂名该文集的主编。我一直坚辞不受。"诺贝尔"差不多是漓江的图腾级存在，我只是站在前人的肩膀上继续仰望星空，尽本分做点添砖加瓦的事情，岂敢妄自掠美。即便是当年主编"获诺贝尔文学奖作家丛书"的刘老师，退休以后也就功成身退，不再在漓江版"诺贝尔"上挂主编名。这几乎是中国当下通行的国情。也就是说，"作家文集"出版八年，眼看渐成气候，却没有任何人挂主编名，只是在翻开每本书的卷首，有一页"出版说明"——

[①] 见《"获诺贝尔文学奖作家丛书"读者反映》，刘硕良著《三栖路上云和月——为新闻出版的一生》，漓江出版社，2012年9月1版1次。

"诺贝尔文学奖作家文集"系我社近年长销经典品种,是对二十世纪八九十年代我社品牌图书、刘硕良主编的"获诺贝尔文学奖作家丛书"的继承与发扬,变之前一人一书阵容为每位作家多卷本。如果说老版"诺贝尔"是启蒙版,那么新版就是深入版,既深入作者的内心,也满足读者的深度需求,看上去是小众趣味,影响的是大众阅读倾向。这就是引领的意义,也是漓江版图书一贯的追求。

然而吊诡的是,如果用因退休机制的作用被动不在场的刘老师,来为正在进行时的"作家文集"的无主编状态背书的话,我忽然发现,并不能自圆其说。同时,自己在班子任上八年,如果不依规依制给该文集一个担当和交代,那所有参与这套丛书出版的漓江人,就会变成一个失语的群体,八年来大家的辛苦鏖战,也会失去应有的分量和表达,转瞬消失于历史的虚空当中。于是和刘社长达成共识:丛书是本届班子主持做的,主编由我来挂,即便过些年轮到我也解甲归田,在岗一天就要担当一天,就由我这个亲历者来理一理来龙去脉吧。

加缪是一切的开始。无论从作品的分量还是作家的魅力,尤其是在年轻人里的观众缘来考量,作为撬动一套书的支点,加缪都是不二选择。更何况,2015 年我们推出《鼠疫》时,加缪作品刚刚进入公版期没几个年头,真乃天无绝人之路!

> 我试图通过加缪获得一种视角，这个视角能穿透我所生活的海量信息时代貌似超级强大的无限时空，定位非中心城市的个人存在意义。①

这里的"个人"，也喻指在时代的洪流中需要敲破坚冰重新出发的漓江。加缪卷我们出了五种，论品种数是文集中比较丰满的——《鼠疫》《西绪福斯神话——论荒诞》《局外人》《第一人》《卡利古拉》，除了前四种既做了平装，也做了精装，后面品种一心一意只做精装——因为相信在优质精品道路上的勠力追求，一定可以加持图书的可收藏性。《鼠疫》《局外人》《第一人》是存在主义文学大师加缪的小说代表作，而2018年10月推出的《卡利古拉》，则是文集中比较少见的戏剧品种，它和哲学随笔《西绪福斯神话——论荒诞》一起，使加缪卷作为诺奖作家的小文集，实现了文体多样化方面的鲜明追求。这个追求在福克纳卷上继续得到体现，福克纳卷截至目前一样出了五种，除了国内读者熟知的经典——李文俊译《喧哗与骚动》《我弥留之际》，还补充了国内首译《士兵的报酬》《水泽女神之歌——福克纳早期散文、诗歌与插图》和《寓言》。其他品种数达到四五种体量的，还有路易斯卷、纪德卷、斯坦贝克卷、丘吉尔卷、泰戈尔卷、显克维奇卷。两三种的有黛莱达卷、米斯特拉尔卷、聂鲁达卷、吉勒鲁普卷、梅特林克卷、拉格奎斯特卷、蒲宁卷。由于受限于作家本身的创作规模以及我们发掘的速度，目前尚有普吕多

---

① 见沙地黑米（本名张谦）新浪博客读书笔记《在隆冬知道》，2015年6月5日。

姆、吉卜林、艾略特、保尔·海泽、塞弗尔特、叶芝、拉格洛夫、皮兰德娄、夸西莫多、蒙塔莱等卷只是单一品种的体量。当然，每位作家小文集的规模（品种数）依然是活性的，现状的陈述并不能规定未来的变化，我们的核心思路，是每位作家做三至五种。

由于漓江推出的诺贝尔文学奖获奖作家都是外国作者，所以出版"作家文集"有一个不可避免的环节，就是要找到合适的译者。唯有如此，才能将诺贝尔文学奖作家作品尽量以"信、达、雅"的方式介绍给国内读者。

在译者的选择上，我们注重新老搭配。托前辈的福，漓江拥有的传统译者资源称得上是国内"顶配"。老一辈翻译家令人肃然起敬，他们往往具有很深厚的文学素养和优雅的个人修养，译文水准很高，经得起岁月的沉淀和时间的考验，我们非常珍视与他们的合作。而年轻一辈的翻译家也有优势，他们的语言和思维都能贴合当下读者的习惯，亦多全球化背景下的旅居、旅行，能较多接收并释放当下外国文学和文化的辐射，在对原著文化背景、思想内涵的传达体现上，能有推陈出新的理解。

"作家文集"最先启动的加缪卷，用的就是漓江译者老班底里的李玉民译本。其他像潘庆舲、姚祖培合译辛克莱·路易斯《巴比特》，李文俊译福克纳《我弥留之际》，黄文捷译黛莱达《邪恶之路》，赵振江译米斯特拉尔《柔情》，王逢振译赛珍珠《大地》，杨武能译保尔·海泽《特雷庇姑娘》，都是"老诺"阵容里的保留节目。在"黑诺"里，漓江与这批王牌译家译作再续前缘。此外，"作家文集"还见证了一代翻译家的成长——胡小跃译普吕多姆《枉然的柔情》，裘小龙译叶芝《第二次来临——叶芝诗选编》，分别是"老诺"里普吕多姆《孤独与沉思》和叶芝《丽达与天鹅》的升级版，当年漓江看好的青年翻译家，已然成为译界翘楚，译本也得到更丰富的增补和更成熟的修订。也有老朋友新加入的译本，比如倪培耕原译泰戈尔《饥饿的石头》是"老诺"阵容里的，到了"黑诺"更名为《泡影》，都是泰戈尔短篇小说选；同时"黑诺"再添倪译泰戈尔长篇小说《纠缠》。福克纳卷除了收入李文俊之前在"老诺"就有的代表译作《我弥留之际》，"黑诺"还增加了李译《喧哗与骚动》《押沙龙，押沙龙！》。青年译者的新作有一熙译福克纳《士兵的报酬》，王国平译福克纳《寓言》，远洋译福克纳《水泽女神之歌——福克纳早期散文、诗歌与插图》，顾奎译辛克莱·路易斯《大街》，等等。

也有一部分老译家，其译作的版权流转到其他出版机构去，与"黑诺"失之交臂，或者年深日久几近失联，或者凋零如秋叶片片——时光总有理由分开我们，才显得在一起的机缘实在是难能可贵。

现在年轻人外语好，除了做文学翻译，还有很多更实惠的选择，所以真正像老一辈翻译家那样，把译事当成毕生的事业追求，在这个领域安于寂寞悉心耕耘的并不多，或者说，漓江还没有迎来与这个群体的高频次、大规模相遇。我们现有的中青年译者队伍，一来人数远不够多，二来除了翻译本身，想法会比老一辈多一点——漓江很惭愧，至今没能把这份文化事业做成生财有道、惠及万方的大产业。好在文学哪怕历来就与眼前利益没太大关系，这个世界热爱文学的人也一直层出不穷。之所以在这里把家底摆一摆，也是为了方便下一步遇上有缘人。

译本体例上，"黑诺"尽量做到向"老诺"学习，"每卷均有译序和授奖词、答词、生平年表、著作目录，力求给读者提供一个能真实地反映诺贝尔文学奖及其每一得主风貌的较好版本"[①]。老漓江的优秀传统要保持，有章可循是一种福分。

一个素朴有力的团队，会带来别样高效的支撑感。我们的青年编辑队伍正在老编辑的带领下茁壮成长，他们是漓江的秘密花园，正在蓄能无限，漓江的未来，有他们书写，靠他们传扬。

在这里，必须致敬一下给漓江"老诺"担任过策划编辑和责任编辑的主力核心团队，他们是当年的译文室成员：宋安群、吴裕康、莫雅平、金龙格、沈东子、汪正球。

1995年，沈东子策划过一套泰戈尔"大师文集"6卷本，除了后续加入"黑诺"的倪培耕几种译作，亮点是直接去信季羡林先生，取得了授权，收入季译《炉火情》一种。丛书虽然没打"诺贝尔"标签，却开启了做诺奖作家小文集的思路。

1998年，漓江出了三套诺奖作家小文集。时任总编辑宋安群策划了《赛珍珠作品选集》，向美国哈罗德·奥柏联合会购买了版权，出版了五部小说、一部传记和一本文论。本人担任过其中《东风·西风》和《赛珍珠传》两种图书的责任编辑，还为赛珍珠母亲的故事写过责编手札——

---

① 见刘硕良《新时期有数的宏伟工程——"获诺贝尔文学奖作家丛书"序》。

美好的人和事，因为人们的珍爱而获得自己的历史，在这个意义上说，历史，就是人们对于美的牵挂和担心。时乖命蹇，说变就变，我们珍爱的事物能够留存多久？一旦大限到来，让碎片有了碎片的安息，人心也就有了人心的解脱吗？①

吴裕康策划了君特·格拉斯"但泽三部曲"（《铁皮鼓》《猫与鼠》《狗年月》），经德国 Steidl 出版社授权出版。有意思的事情就此发生了：我社在 1998 年 1 月至 1999 年 4 月出完这三种书，1999 年 9 月 30 日，瑞典文学院将诺贝尔文学奖颁给了君特·格拉斯。所谓猜题和押宝都很准的名编辑、大编辑，漓江早年就有现实榜样。

汪正球策划的"川端康成作品"，洋洋大观出了十卷。

以上四种诺奖作家文集，都没打"诺贝尔"标签，装帧设计也各有套路，却都绕不开内在承袭的同一种思路。所以说，在漓江做"诺贝尔"，是有传统的，可追溯的，漓江人血脉里的遗传密码，在不同时期阐发着基因的显隐性。

从 2023 年算起，诺奖作家未进入公版期的尚有 60 多人，这是一片资本角逐的热土，对这个领域作家作品的竞夺，不是漓江的强项。众人还没睡醒的时候，漓江前辈就已经外出狩猎了；现在的漓江人，专注于在家种田——我们无富可炫，有技在身，到手的都不是战利品，而是作品本身，值得像农人看待种子那样，悉心培育，精

---

① 见《我们珍爱的事物能够留存多久》，作者米子（本名张谦），《读书》1998 年第 10 期。

耕细作，用时间打磨，为每一部好作品寻找好译者、好编辑、好制作，直至它找到那个两情相悦的读者。

犹如观潮，漓江现在挤不进前排，索性站远一步，不追刚刚出炉的"当红炸子鸡"——新科获奖者。同时代的读者本来很想读到同时代优秀外国作家的作品，但这有个前提，就是译本要好。而"当红炸子鸡"的临时译本，前有市场期待，后有合同追魂，难得沉下心来从容打磨，多半是急就章似的翻译，反正搭配的也是快餐面似的阅读，说白了就是一场对诺奖新科得主生吞活剥的消费——真正的赢家，既不是作者、译者和读者，也不是编辑，而是商业。当然，在这个领域深耕多年，早有准备的同行是个例外。漓江与所有认真的同行惺惺相惜。

公版书是退潮后海滩上的贝壳，经历过海浪的洗礼、时间的检验，哪些受人欢迎，比较容易感知，可以从容选择。而同时代的作家作品，一时被潮头卷得高高，抛得远远，过了当红的这个时间节点，就被读者抛诸脑后，这样的例子不胜枚举。事实证明，由于作品本身或是翻译的质量问题，有的新科获奖作家作品，确实不如早年诺奖作家作品那么富有感染力。

说到这里，很有必要广为派发一下英雄帖：如果有诺奖作家、优质译者、原著出版社，以及权威版权代理机构听到漓江的声音，认可我们的理念，那么，您好，欢迎加入我们共同的事业！

"作家文集"精装本批量问世以后，我们分别在2018年和2019年年初的北京图书订货会上，以"执子之手——漓江与'诺贝尔'的不了情"和"'诺贝尔'与漓江血脉相连"两个专题向公众亮相，后者还荣膺该届订货会评出的"优秀文化活动奖"。2018年9月，百道网特为这套书，对我本人进行了专访报道[①]。

　　成立于1980年的漓江出版社，在改革开放的春风里应运而生。建社不久就做"诺贝尔"，诺贝尔文学奖系列丛书，记录着一代又一代漓江人在向我国读者推介世界文学宝藏方面前赴后继、坚忍不拔的努力。"诺贝尔"和漓江人的职场生涯、美好年华紧密生长在一起，是漓江集体记忆中不可分割的一部分；漓江边的中国小城桂林，因为文学，因为诺贝尔，和斯堪的纳维亚半岛上的北欧古国瑞典就此牵连在一起——世间缘分，多么热烈美好，也足够千奇万妙。

　　金秋十月，在给此文收官之际，传来了法国作家安妮·埃尔诺获奖的消息。看来诺贝尔文学奖依旧不改我行我素之风——有多少百炼成钢的陪跑，就有多少新莺出谷的未料。谨以此文向充满无限可能的未来致意！漓江胸怀天下，初心不改，要以海纳百川的宽阔胸襟努力借鉴、吸收并呈现人类一切优秀文明成果。

2022年10月5日　桂林

[①]《曾经强悍的"诺贝尔旋风"影响过莫言、余华等，新一代出版人如何再创阅读高潮？》，百道网，2018年9月10日。

[英]托马斯·斯特恩斯·艾略特
(Thomas Stearns Eliot, 1888—1965)

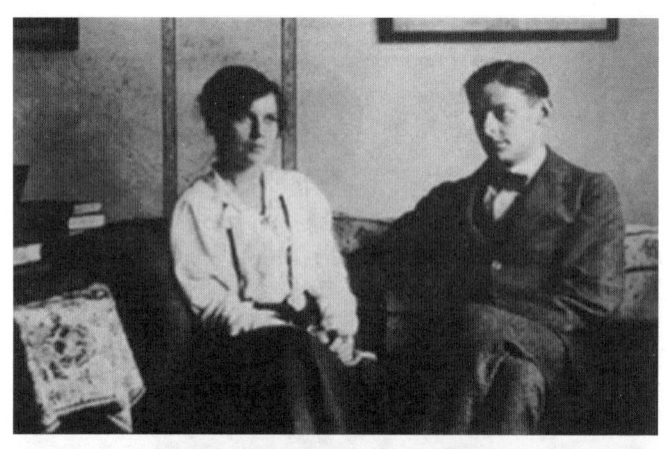

↑艾略特与第一任妻子维芬。维芬于 1947 年病故于精神病院
↑艾略特与第二任妻子法莱丽。本书收入的《老政治家》即是题词献给她的

↑艾略特和弗吉尼亚·伍尔芙,1924 年
↑艾略特(右)接受诺贝尔文学奖,1948 年

↑位于伦敦罗素广场的费伯与费伯出版社大楼，
1925—1965 年，艾略特工作于此
↑大楼右侧拱门下的纪念牌

作家·作品

在诺贝尔文学奖获得者给人深刻印象的行列中，T.S. 艾略特显得与那类通常获奖的作家截然不同。他们中的大多数人代表了一种在大众意识中寻求自然联系的文学，为了达到这目的，他们或多或少是用现成的手法。而今年的获奖者则选择了另一条道路。在一个排外和自我意识到的孤独位置中，艾略特渐渐产生了深远的影响，正是在这一点上，他的事业不同寻常。

——1948年诺贝尔文学奖授奖词

重新回顾过去三十多年的创作，我惊奇地发现自己是这样次数频繁地回归到戏剧批评和创作中去，不管是审视分析当代的或莎士比亚时期的戏剧作品，还是对未来的戏剧道路提出前瞻性的展望。我一生都对这一主题的方方面面倾注了巨大热情，而我自身的观念，也随着对这一艺术形式的创作经历的增加而不断演进。

——［英］艾略特：《诗与剧》

艾略特从未期待这部剧（《大教堂凶杀案》）会在民众中间一鸣惊人，这也是出于他对普通观众的低估。坎特伯雷妇女的合唱部分反映了艾略特对来到坎特伯雷的、优秀的目标受众的尊敬，他们敏锐地察知死后的虚无，在这一出如此迫近他们渺小生命的大戏中，他们对上帝有力的手心存畏惧。为小群体写作的优势，在于他不会像后来在为西区剧院写作的剧本中那样居高临下。

——［英］林德尔·戈登：《T.S. 艾略特传：不完美的一生》

批评家们认为（现代派）自由诗是一种骗人的玩意儿，随随便便，一写而就，没有什么思想。他们怀疑这些"现代"诗人真能说出些什么东西，但在艾略特的大多数诗里，一种相当有分量的、可以辨认的思想出现了。

——［美］林达·瓦格纳：《T. S. 艾略特：批评论文集》

当代作家还有一些能制止文明衰退的东西。艾略特自己指出他关于文学的辩证史就是坚持一种战术运动，使新的写作方法得到人们的公认。

——［美］诺恩若普·弗赖依：《T. S. 艾略特》

（《大教堂凶杀案》）主题明确鲜明，深入地探讨了一般人性，极具哲学意味……智力结构完整统一，富于想象力和戏剧化的震撼。

——［英］埃德温·缪尔：《艾略特的戏剧》

目　录 / Contents

译本代序

001 /《大教堂凶杀案》的历史背景 / 陆建德

大教堂凶杀案 / 李文俊 译

003 / 第一部
047 / 第二部

老政治家 / 袁伟 译

093 / 第一幕
128 / 第二幕
167 / 第三幕

195 / 译名对照表

附　录

199　/　授奖词

205　/　受奖演说

209　/　艾略特小传

译本代序

《大教堂凶杀案》的历史背景[*]

陆建德

托·斯·艾略特的诗歌代表作如《荒原》和《四个四重奏》等早有多种中文版本,他的诗剧译文还是首次与我国读者见面。《大教堂凶杀案》是艾略特在 1934 年 10 月和 1935 年 5 月间受命专为坎特伯雷艺术节创作的,1935 年 6 月首演后取得出人意料的成功。这是作者五部诗剧中的第一部,确实如海伦·加德纳所言,它称得上十七世纪以来英国最出色的诗剧。

《大教堂凶杀案》的主人公是英国教会史上最重要也是最有争议的人物之一托马斯·贝克特(1118 或 1120—1170),剧情反映了十二世纪英国的王权与教权之争以及坎特伯雷大主教受难成仁的艰难旅程。该剧分两部分,情节非常简单:1170 年 12 月 2 日,因与国王亨利二世失和而流亡法国六年多的坎特伯雷大主教托马斯·贝克特(以下称托马斯)回到他的辖区,受到有组织的欢迎,但是众人心头隐隐有不祥的预兆。托马斯才到教堂,四位诱劝者尾随而至。前两位以人间的欢愉和权力为诱饵,劝他与国王真正和解,第三位鼓动他挑战王

---

[*] 本文原载《世界文学》2009 年第 1 期。

权，与贵族结成利益联盟。托马斯干脆利落地拒绝了他们的引诱。末一位登场者煽扬他的野心，激励他继续在对抗的路上猛进，以求一死；一旦殉教者的身份确立，就能在天上统驭人间。这位诱劝者其实是托马斯的另一个自我，道出了他自己也未必清楚意识到的隐蔽而自私的想法。大主教认清了自己最危险的敌人原来来自内心，申明"不能出于错误的理由做正确的事情"。[①]诗剧第二部分发生在12月29日。由于托马斯不愿撤销对几位主教的处罚，国王手下的四位骑士从诺曼底赶来与他说理。双方各执一词，导致托马斯在大教堂被害。四个凶手一一向观众致辞，解释他们行动的理由。两场戏中间是托马斯在圣诞节上午的布道。全剧用素体诗写成，合唱队的台词中有一些非常知名的片断。但是布道部分用布道文体，骑士的辩解也未用诗体，多少有点当代政客演讲的风格。我感到由衷高兴的是本剧译者李文俊先生为读者提供了一个堪称完美的译本。

我国读者对这段时期的历史可能不大熟悉，我在这里做一些有点繁冗的背景介绍。首先要从诺曼征服谈起。

一

1066年9月，诺曼底公爵威廉以征讨"篡权者"哈罗德为名出兵英格兰，10月14日在黑斯廷斯击败英军，哈罗德战死。当年圣诞

[①] 艾略特在剧本稿纸背面写上了威尔斯、罗素、劳伦斯和白璧德／奥尔德斯·赫胥黎的名字，林达尔·戈登推断诱劝者与这几位作家有某种关联。此说似较牵强。见戈登著《托·斯·艾略特：不完善的一生》（纽约，1999），第274—275页。

节，威廉在西敏寺加冕为英国国王，史称威廉一世（1066—1087）。仪式由约克大主教主持，进行得匆忙乃至慌乱，但开了国王加冕必在西敏寺举行的先河。威廉一世加强中央集权，调查境内土地赋役，推行一套新的行政管理方法，对英国社会发展不无贡献。他在扩张自己权力的同时也给教会很多好处。比如他为了表示对教会司法独立性的尊重，特许宗教法庭与世俗法庭分开，不过这一举措客观上为英语世界普通法（判例法）的出现创造了条件。

中世纪教会权势之盛是今天的读者难以想象的。1049年，威廉欲娶法兰德伯爵博德安五世的女儿玛蒂尔达，教皇以两人沾亲带故（尚待证实？）为由不予批准。约在1052年威廉与玛蒂尔达结婚，教廷震怒，对整个诺曼底公国实行"停圣事"（interdict）的处罚，整个地区的神职人员无权施行（信徒不得参加和领受）圣事礼仪。诺曼底的贝克（Bec）有个本笃会隐修院，威廉是该院施主。时任隐修院小院长（prior）的神学家兰弗朗克学问精湛，收徒讲学，很有人望。在威廉的婚事上兰弗朗克支持教会，几被威廉驱逐。但是两人达成谅解，兰弗朗克奉命出使罗马与教皇谈判。1059年教皇尼古拉二世对威廉的婚姻颁发特许，同时撤销停圣事的处罚，从此兰弗朗克深得威廉信任。不过教皇的宽免是有条件的，其中之一是威廉必须出资在他的公国建造两座大隐修院。1066（1063？）年，兰弗朗克被任命为新建在卡昂的隐修院大院长。同年威廉发兵英格兰时，征讨的军队还扛着一面教皇封授的大旗，仿佛享受了十字军东征的待遇。这一事例说明世俗权力和教权既会发生冲突，也会互相倚重。威廉得胜后，英格兰的教会面临一场浩劫，本土的高级教士如大主教、主教和隐修院院长等背了各种罪名被撤换，顶替他们的则是来自诺曼底教会组织的同行。1070年，兰弗朗克任坎特伯雷大主教，实际上成了经常驻跸诺曼底的威廉一世派驻英格兰的全权代表。威廉一世死后其子红脸威廉继位（1087—1099），加冕仪式由兰弗朗克主持，从此坎特伯雷大主教主持加冕礼成为惯例。英格兰有两位大主教，即约克大主教和坎特伯雷大主教。坎特伯雷大主教区设立较早，但在十一二世纪，两位大主教的位次先后并不是非常明确，常有争夺教首的纠纷。①

我们再回到诺曼底。1060年，经院哲学家安瑟伦成为贝克隐修院的修士，该院很快发展为神学中心，威廉对它照顾尤多，征服英格兰后多次将大片土地封给贝克隐修院。安瑟伦1079年升任该院院长，他曾三次赴英视察新得的地产。土地（包括依附于土地的各色人等）及其收益实际上是当时教会的命脉。说来难以相信，兰弗朗克和安瑟伦都是精明的地产管理专家。兰弗朗克在1089年逝世，大主教席位空缺，坎特伯雷的收益归威廉二世所有，土地也不断受到蚕食。1093年3月，安瑟伦被推举为坎特伯雷大主教，他提出一些条件，如必须归还教堂流失的土地，一直到年底才同意祝圣。在他任内，王权与教权的冲突大大激化。诺曼王权为配合其殖民政策提拔、任用来自诺曼底教会的神职人员，但是控制教职任命权又可以被理解为对教权的侵犯。

中世纪的教会富甲天下，僧侣也经常出租土地牟利，一度戒律弛废。教会的实力削弱，教皇与世俗政权争斗就容易处于下风。公元十

---

① 坎特伯雷后来胜出。坎特伯雷大主教称全英首主教（the Primate of all England），约克大主教称英格兰首主教（the Primate of England）。现在坎特伯雷大主教是圣公会世界联盟的精神首领。

至十一世纪，以法国克吕尼隐修院为中心刮起一股教会整顿之风。这一运动旨在加强制度管理，要求教士严持戒规，强调教皇的地位与权力至高无上，世俗政权无权干涉教务。克吕尼运动又进一步促发了格列高利改革。1075 年教皇格列高利七世颁发《教皇敕令》，重申教权高于任何世俗政权，教会财产不可侵犯，教皇有权废黜皇帝、国王，只有教皇才有权叙任主教，制定教会法规，教士不受世俗法庭审判，可以直接向教廷申诉。基督教东西教会已经在 1054 年分裂。在西方教会内部，神圣罗马帝国皇帝和罗马教廷经常为各自的利益明争暗斗，其结果是前者多次另立教皇（被罗马称作 antipope[①]），并在高级神职人员的任用上自行其是，引发主教叙任权之争。在这样的背景下英国也未能例外。安瑟伦先后与威廉二世及其接任者亨利一世就主教叙任权发生冲突，两次流亡欧洲大陆，最后在 1107 年与亨利一世达成西敏寺协议。双方商定，授职权力（授权戒与权杖）由国王让给教皇，但是主教在行授职仪式后必须向国王行臣服礼。其实选择主教之权最终还是掌握在国王手中，国王物色人选后交教会代表共同推举。[②]

  安瑟伦敢于对抗国王，自然赢得很多教会人士的崇敬。约在 1163 年，亦即他逝世五十四年之后，在本剧主角托马斯建议下他被教皇亚历山大三世谥封为圣徒。此时托马斯才任坎特伯雷大主教一年，这是他纪念前贤最隆重的方式。也许此刻他已经预感到，自己与国王终将碰撞一番，因此愿以圣徒为榜样，绝不退让。1170 年，坎特伯雷大教堂内为安瑟伦建造的圣堂完工，但是托马斯在这年圣诞节后第四天

[①] "伪教皇" 或 "敌对教皇"。
[②] 蒋孟引主编《英国史》，中国社会科学出版社，1988，第 93 页。

被害。在艾略特这部诗剧里,托马斯在他最后一次布道中预见到自己即将殉道,他坦然自若,似乎有意步安瑟伦后尘踏上成圣之途。在十二世纪,能当圣人当然是莫大的荣誉。但是,正如法国剧作家阿努依在剧本《贝克特或上帝的荣光》(1959)[①]中所说,要当圣人,也是屈服于一种诱惑。就宗教态度而言,艾略特当然和阿努依很不一样,但是他对殉道外观下私欲的暗流和膨胀的自我也是有所认识并深怀戒惧的。

二

希腊作家卡赞扎基斯在小说《基督的最后诱惑》里形象地揭示,不可抑制的殉道意愿往往掺杂了自私和虚荣的动机。乔治·奥威尔甚至在《甘地》一文的起首劈头抛出一句警句:"所有圣人在能证明自己的清白之前都应判定有罪。"托马斯要证明自己无罪,恐怕要比一般圣人难得多。

托马斯惨遭杀害不久,如愿进入圣人行列。此后出现了不少关于他的传记,有的由他生前好友执笔。但是,传主的圣徒身份难免会影响到写作的可靠性。在诸种传记中,当代英国中世纪教会史专家、埃克塞特史学教授法兰克·巴娄的《托马斯·贝克特》(加州大学出版社,1986年)是迄今为止考证最为详备的。

托马斯约于1120年(一说1118年)出生于伦敦奇普赛特地区,父母都是诺曼人,属商人阶层。托马斯身世不显赫,受到的教育却颇

[①] 在英语世界,该剧的电影版更加著名。

为出色。当时的学校几乎全由教会开办，识字的人多少扯得出一点教会的背景。1130年他进了伦敦南部萨里郡的默顿隐修院学校，据说几年前尼古拉斯·布雷克斯皮尔曾在该校就读，他是英格兰出生的唯一一位教皇（阿德里安四世，1154—1159在位）。托马斯还曾到伦敦一所拉丁文法学校和巴黎读书，他的学业不算出众，言谈举止倒是相当优雅。托马斯长得高大英俊，好狩猎和驯鹰等户外活动，甚至擅长马背上的长矛搏击。从他的性格与爱好来看，他不像一个要把一生奉献给上帝的人。他交往过一位贵族，名叫莱格勒的理彻尔。有一天两人带鹰出猎，老鹰扑住一只鸭子，不料被拖入水中。托马斯爱鹰心切，奋不顾身地跳入河中。河水湍急，还好一只磨坊轮子救了他一命。这件小事固然表明上帝的天意，也让我们见识了托马斯一往无前的蛮勇。

据说托马斯曾为郡长法庭效力，大约在1145年光景被引荐给坎特伯雷大主教西奥博德，成为他的家臣或幕僚。西奥博德也曾担任贝克隐修院的大院长，在才学上稍逊于兰弗朗克和安瑟伦。西奥博德对这位年轻人很是赏识，认定他可堪大用，送他到博洛尼亚大学和法国勃艮第的欧塞尔学习民事法和教会法，为时一年。西奥博德对他的亲属和下人处处关照，他身边的杂役工也会得到离谱的赏赐。裙带之风带来的并不是一团和气。托马斯在大主教府邸结识了一批年轻有为的人物，其中有一位后来成为他的心病，他就是蓬莱韦克（意为主教桥）的罗杰。罗杰年岁和学问都在托马斯之上，1154年升任约克大主教，此时他已担任六年的坎特伯雷执事长（archdeacon，也叫会吏总或助祭长）之职转由托马斯担任。罗杰去约克后，还送给托马斯一份礼物：贝弗利大教堂的教长。当时的神职人员可以身兼数职（in plurality），都是带圣俸的，而且不必在相关的教区居住。用现在的话来说就是领干薪，吃空饷。曾经保护过托马斯的教皇亚历山大三世在一封致热内亚大主教的信里斥责后者从法国教会引进这种违反教会法的做法，但是他已无法采取行动，因为从中得利的人太多，法不责众。①中世纪教会的腐败一直到十九世纪的英国还稍有遗存（详见特洛罗普小说《院长》），托马斯是这一腐败制度的得益者。

再来说说执事长这一教职。它从圣品上说低于神父，但在中世纪权力极大。执事长协助主教主持圣事，还在名义上"负责教区的行政、财务、司法和纪律执行，监督包括神父在内的各级教士的品行，所以往往气焰嚣张。……在有些主教区，助祭长（执事长）的司法权扩张为独立的法庭"②。执事长容易滥施权力，教廷不得不有所约束。十六世纪中期举行的特伦托会议之后，这一职务权力锐减。乔叟的《坎特伯雷故事》作于十四世纪末，书中的香客约三分之一有教会背景，其中的赦罪僧、修道僧贪图享受，搜括钱财，都是乔叟尽情讽嘲的人物。在游乞僧胡伯脱的故事里，教堂法庭的差役"像三月里的野兔那样狂妄"，更可恶的也许就是执事长（即下面所引方重先生译文中的"教区长"）了：

> 从前我的家乡曾有一个教区长，权威很高，对于奸淫、巫术、诽谤和诱惑青年等事，都大刀阔斧，严厉惩处；还有

---

① G.G. 柯尔顿：《中世纪面面观：从诺曼征服到宗教改革的英格兰场景》（剑桥，1949），第154—155页。
② 彭小瑜：《教会法研究》，商务印书馆，2003，第152页。

修道院执事的过错、破坏遗嘱契约、怠忽圣礼和其他罪恶行为，以及重利盘剥和买卖圣职等等，他也不放松。尤其是淫荡之徒逃不了他的手。他们一旦被拿住，就只有叫苦了！凡是拖什一税的人，若被牧师提诉上去，就得吃些苦头。罚款是一种办法，不得轻易放过。献金太少或什一税付得不足，也不是好耍的事；因为教区长的簿子上登有名字，主教就带着权杖来捕拿。

显然这是教会里的肥缺。托马斯并不去费心处理这类事务，他只是委托他人代理，自己坐享其成。就在这一年，即1154年，英国历史进入一个新的时期：金雀花王朝。

威廉二世（即红脸威廉）于1099年在出猎时被人暗箭射死，第二年弟弟亨利继承王位，成为亨利一世（1100—1135在位）。亨利一世没有嫡出的子嗣，晚年指定已嫁给安茹伯爵若弗莱的女儿玛蒂尔达为继承人。亨利一世死后，外甥布卢瓦伯爵斯蒂芬提出王位要求，得到教皇和一些贵族的支持，他火速渡海登上王位，于是长达十九年的王位之争拉开序幕。斯蒂芬笼络贵族，不断给予各种好处，中央权力很快旁落。地方强豪修筑城堡，私征赋税，割据一方。《盎格鲁－撒克逊编年史》中对这段时期的无政府状态有生动描写。1151年，玛蒂尔达之子亨利继承了父亲的伯爵领地，不久又与法国国王路易七世前妻阿基坦的埃利诺结婚，实力大增，他在法国的领地面积甚至超过了他的封建主法国国王。1153年亨利率军攻打英格兰，斯蒂芬不堪一击，在西奥博德斡旋下斯蒂芬认可了亨利的王位继承权。1154年10月斯蒂芬逝世，西奥博德任摄政，同年12月，他在西敏寺主持亨利二世的加冕礼，开始了英国史上的安茹王朝或金雀花王朝[①]。

《大教堂凶杀案》中从未出现的亨利二世其实也是剧中的主角。他登基时年仅二十一岁，生性冲动，道德上也不是楷模，但不失为明君。他的领土除了英格兰和部分爱尔兰，还包括从诺曼底到加斯科尼的整个法国中西部。十九世纪中后期，随着对英国法律史研究的深入，亨利二世的治国成就尤其是司法改革得到梅特兰等学者的赞赏。他废止了决斗法、宣誓免罪法和极端野蛮的神命裁判法，任命巡回法官，实行陪审制，英国（或者说整个英语世界）的普通法（判例法）在他统治期间渐渐成型，君主集权制趋于完备。这在十二世纪末的欧洲，几乎绝无仅有。丘吉尔对他评价极高："在英格兰的历代国王中，有比亨利二世杰出的军人，也有比他敏锐的外交家，但就法律和制度方面的贡献而言，却无人能同他相媲美。"[①]

亨利二世上台，有坎特伯雷大主教西奥博德的功劳。1155年，在西奥博德的举荐下，托马斯被亨利二世任命为枢密大臣（chancellor），昔日奇普赛特的商人之子一日间权倾天下。托马斯为扩大王权，削平地方势力，拆除城堡，可以说竭尽全力。几年下来，内治稍修。即使教会方面的利益受损，他也毫不手软。1159年亨利二世征讨图卢兹，托马斯带领他领地上的七百骑士一同征战，他甚至亲自出阵和一位法国骑士单挑独斗，赢得对方的坐骑。托马斯位极人臣，坎特伯雷执事长的职位并不放弃，而且兼任了更多带俸教职。他一旦成了国王的左右手，对西奥博德也不再像家臣那样恭敬，甚至还以执事长的名义向

[①] 亨利之父若弗莱常在帽上插一朵金雀花，故名。
[①] 《英语国家史略》（上下册），新华出版社，1983，上册第200页。

属于西奥博德的教区教堂收取不合理贡金。西奥博德于1161年4月逝世，病重期间多次驰书召见，他也借故不往，昔日的恩公发出无奈的怨言。

托马斯好奢华，讲排场。《坎特伯雷故事》中的修道僧穿着考究，一颗金质饰针扣住兜颈，"衣袖口镶有细软黑皮，是国内最讲究的货色"。他和托马斯相比就谈不上有什么气派了。1158年托马斯出使法国，长长的专使队列让观众叹服：前有二百五十位唱诗班男童开道，随后是成双成对的猎犬，八辆五驾四轮大马车，还有大批随从、武士，簇拥着枢密大臣而来，他华贵的袍子在阳光下刺人眼目。队列中最神气的是骑在十二匹马上的十二只猴子。狄更斯在《儿童英格兰史》中罗列了所有这些细节，当然没有恭维之意。

西奥博德逝世后，亨利二世先暂请托马斯代管大主教区的收益，并盘算着让他最得力的心腹去继任坎特伯雷大主教，这样教会方面的事务就不必他自己劳神了。类似的安排当时也见于其他国家，如一再与教皇亚历山大三世争权的神圣罗马帝国皇帝腓特烈一世（也称红胡子，巴巴罗萨，1123—1190）的枢密大臣达塞尔的雷纳德兼任科隆大主教。第二年6月，他终于如愿。据说，托马斯对出任大主教是有疑虑的。他担心自己如站在教会的立场，与国王的关系就不会一帆风顺。这是早期传记作者的猜测，亨利二世还不至于故意养虎遗患。

按照以往的程序，坎特伯雷大主教的职位要由坎特伯雷的基督堂修道院僧侣选举。僧侣们接受了一番"思想教育"，还是普遍感到国王要把他的枢密大臣强加在教会身上，但也无奈配合，将这位从来没在隐修院修行、多年缺席的坎特伯雷执事长选为大主教。1162年5月23日,西敏寺会议上教僧权贵讨论选举结果,予以通过,亨利二世之子小亨利代表其父在场。会上有人提出异议:托马斯从宫廷转向教会,不合任何法律,既滑稽又违规。但是托马斯被谥封为圣徒后,他的朋友却写道,人不可貌相,托马斯实际上早就被上帝选中为大主教,并注定要成为一个殉道者。

亨利在1159年就打算将自己在英格兰的王位传给儿子,长子威廉早夭,次子亨利就成了当然继承人。1160年,五岁的亨利与比他更年幼的法王女儿玛格丽特结婚。第二年亨利二世想为他行加冕礼。鉴于西奥博德已经逝世,在大主教职位空缺期间,教皇准许亨利选一位主教主持加冕礼。约克大主教罗杰也收到谕令,一旦受国王之请,有权为幼王加冕。由于托马斯任坎特伯雷大主教一事已在酝酿中,加冕礼请谁主持都不合适,耽搁了下来。1162年7月托马斯上任,教皇不得不玩弄平衡之术:罗杰向教皇申诉,希望保有为国王加冕之权,1162年7月13日得到教皇恩准;大致在差不多时候,教皇又授与托马斯象征分享教皇职权的大披肩。在这种情形下,亨利二世要立幼王反而不便。①一年后国王与托马斯失和,幼王的加冕典礼一直拖到1170年6月14日在西敏寺举行,由约克大主教罗杰主持,伦敦主教和索斯贝里②主教等辅助。此时托马斯在法国已流亡了五年多,听到消息后斗志更旺,复仇之心更切。虽然幼王与他关系很好,他不能容忍罗杰染指坎特伯雷的特权,对他来说,对抗坎特伯雷,就是对抗上帝。他究竟是为了上帝还是为了自己的骄傲维护坎特伯雷的尊严,

---

① 法兰克·巴娄:《托马斯·贝克特》,第70页。
② 剧中译为"索尔兹伯里"。

追究罗杰的责任,后人恐怕永远无法知道。

三

托马斯祝圣为坎特伯雷大主教后,与国王的关系急转直下。他辞去了枢密大臣之职,坎特伯雷执事长的位置却保留下来,国王稍有不快,他才不得不让出那美差。早期的托马斯传记作者一般强调他担任牧首之后虔诚侍奉上帝,有的说法更加夸张,称他早就立志修行。从国王的权臣到看起来超越凡尘的大主教,转变何以如此迅速?阿努依在他的剧本里把托马斯写成撒克逊人,这与史实不合,却合乎情理:托马斯出于民族仇恨向代表入侵者诺曼人的亨利二世实施报复。假如信仰是变化的动因,那么笔者倒想引用美国学者特里林对晚期德莱塞的严厉批评。这位小说家后期作品(如《堡垒》)中流露出浓得失之简单的宗教情怀,让特里林深深厌恶。他在著名的文章《美国的现实》中指出,德莱塞从虚无主义者摇身变为虔诚的信徒,没有任何迹象表明他曾有过内心的痛苦与挣扎,他的皈依以"庸俗的轻便"为特征。[1]我们是不是可以用同样的语言形容托马斯的"脱胎换骨"?另一种通行的解释是托马斯恪尽职守,交给他什么角色,他就扮演什么角色,演得极其投入。演戏的成分不值得敬重,但是也不是道德上的缺陷。这一解释忽略了地位与权力等潜在因素,无法成立。因为他显然不会去做像圣约瑟夫那样的木匠。英国诗人丁尼生在晚年创作了一系列现在几乎无人问津的剧本,他在《贝克特》(1884)里让主角自

---

[1] 特里林:《开明的想象》(纽约,1957),第33页。

己来谈那巨变:"我和西奥博德一起就服侍他,作为枢密大臣我服侍国王,我不再是他的了,就必须服侍教堂。"但是机械服从的背后是权势的考虑与自我的膨胀,原来他要与国王比一比高低轻重。答案让他宽慰,却使读者尴尬:"这坎特伯雷只低于罗马,我像掸去灰尘一样打发疑虑。"(第一幕第一场)用巴娄的话来说,"他终于得到一个独立的权力基地。他不必再做廷臣了,不必再做服侍他主子的奴隶。他的骄傲,即使为教会服务,也给了他一种危险的放肆。他有典型的暴发户的弱点"[①]。

托马斯突然变成教会利益的看护人,在几件事上与国王发生冲突。当时土地税流失严重,付给各级官员的所谓税款实为贿赂,亨利二世要求直接付国库。教会可以说是最大的地主,行贿要比上缴足额税款省钱,托马斯不愿意配合。从国王的角度来看,教会对俗人所谓道德过失的处罚太随意,不尊重国家权力(称之为"古代习俗"),教会对教士中的罪犯偏护,使他们免受法律追究。即使放逐也只是去耶路撒冷朝圣而已,绝不会被处死或截肢。有一件案子促发国王进行司法改革。一位叫菲力浦·德·布罗衣的教士被控谋杀了一位骑士,他在林肯主教的法庭里以发誓开脱自己的罪责,得到其他教士宣誓支持。1163年,一位皇家巡回法官要重新审理此案,教士大怒,口出恶言。在亨利二世干预下教会判他侮辱法官有罪,公开处以鞭刑,并罚两年圣俸。但是杀人罪竟然就不再追究。此事影响恶劣,闹得沸沸扬扬。

为防止教会形成国中之国,1164年1月亨利二世在索斯贝里的

[①] 法兰克·巴娄:《托马斯·贝克特》,第89页。

克拉伦登宫召开教俗贵族大会，以恢复亨利一世时的习俗为名通过《克拉伦登宪章》，宪章共十六条，其目的是加强国家权力，如规定神职人员离境需经国王同意，无人主持的教产和隐修院的收益上缴国王。第三条是教俗双方争论要点：神职人员犯重罪者应先由民事法庭检举，交宗教法庭审理，如判为有罪，由教会开除教籍，再由地方官吏提到民事法庭做最后的审判，与普通人同样治罪。这一条例其实还是给教会法庭保留了关键的审定权。托马斯在会上对宪章默允，不久公开转为反对，从此与国王交恶。八九月间，他试图偷渡英吉利海峡未果。同年 10 月，托马斯在北安普顿会议上接受王家法庭审判。他担任枢密大臣时，亨利二世将多处地产请他托管，累计收益可能达三万英镑（1130 年，英格兰国库年收入仅二万三千镑），现在国王要往日的宠臣为这笔巨款做个交代。托马斯否认贪污罪，声称所有收益都用于服务王室，但是无法提供证据。10 月 14 日，眼见法庭就要判他有罪，他和少数随从在一片混乱中逃离北安普顿，回到坎特伯雷。11 月 2 日清晨他在英吉利海峡南岸登陆，开始流亡生涯。奇怪的是亨利二世从未派遣追兵捕捉他，尽管他说，托马斯是在逃偷窃犯。

四

到了法国，托马斯如鱼得水。国王路易七世与教皇亚历山大三世都对他表示同情，都想把他当作与亨利二世讨价还价的筹码。他们也怕稍逾分寸，不然亨利二世会投入"红胡子"和"伪教皇"帕斯卡尔三世的怀抱。

托马斯避难法国，先后在勃艮第的蓬蒂尼和桑斯两地的隐修院栖身，英格兰教会一些人士，也渡海聚在他身边。虽然流亡在外，他依然行使精神世界的大权，有人与他过不去，或跟随国王太紧，他就对他们处以绝罚。这在中世纪是严厉的惩罚，受处分者被逐出教会，死后灵魂将打入地狱。亨利二世则没收了坎特伯雷大主教名下的一切不动产和收益。但是教皇和法国国王也不愿意看到英格兰王权和教权死死缠斗，有意为两者和谈创造条件。1169年1月6日，路易七世、亨利二世和托马斯在蒙米埃依城堡见面，会谈不欢而散。但是接触的渠道始终畅通。最伤托马斯面子的是前面提到的约克大主教主持亨利幼王的加冕礼。他的内心被深深刺痛了，闻讯立即写信向教皇告状，恳请处理相关人员。他想当然地指责，幼王登基誓言不合成式，故意不提捍卫上帝神圣教会以及教会的特权与仆人，只说一仍先王旧贯，即遵守《克拉伦登宪章》。巴娄指出，这指责缺乏根据，当时亨利二世为避免谈判出现僵局，已将《克拉伦登宪章》淡出。教皇应托马斯之请写具一批信件，供他转交。教皇决定对伦敦主教和索斯贝里主教处以绝罚，暂停约克大主教和其他参与加冕礼的主教的圣职。这些信件一直到10月底才到托马斯手中。此前，即这一年的7月22日，亨利二世与托马斯又在亨利二世的领地曼恩的弗莱特伐勒见面，国王愿意将坎特伯雷大主教区的财产完璧归还，至于托马斯一方做出何种让步没有具体规定。亨利二世必然期待托马斯能与留守在英格兰的高级神职人员和解，重新展开一番势不两立的厮杀，不符合大家的利益。谈判成功后，托马斯又函告教皇这一喜讯，祈求教皇再下文书，以便他回国使用。这一次教皇致书亨利二世，语气十分缓和，他还另写一些信件，今已不存。教皇还任命托马斯为教皇使节。有了这一盼望已久的名号，再加上那些尚方宝剑一样的信件，托马斯自然非常高兴，他想品尝胜利的果实，心情迫切。他大概在11月29日派人到多佛将教皇处理约克大主教、伦敦主教和索斯贝里主教的信送交受罚者本人，信使完成任务，第二天即30日回法国通报，托马斯同一天动身回英格兰。据托马斯一位老友写道，托马斯大喜，"义人见仇敌遭报，就欢喜，要在恶人的血中洗脚"（《旧约·诗篇》，第五十八篇，第十节）。早些时候，托马斯在教廷的朋友曾劝他回英后不可穷追猛打，再说，他作为教皇使节可以而且应该相机行事，如何宣布处分，或是否做出处分，可以灵活掌握。《大教堂凶杀案》中的骑士责问托马斯为什么不能撤销对各位主教的处罚，托马斯说教皇的裁决他无权变更，他实际上是在寻找借口，故意刁难。他是主要当事人，他如果愿意和解，教皇怎么还会不准？

假如罗杰等人受处罚过重，其他支持国王的神职人员也会担心受到清洗，而且亨利幼王的加冕也将失去合法性，亨利二世的君威必将荡然无存。显然，托马斯要使自己回到坎特伯雷像是凯旋，而且，胜者必须通吃。正由于他的顽梗，约克大主教、伦敦主教和索斯贝里主教赶往诺曼底向国王申诉。据说亨利二世闻讯大怒，脱口说了一句"难道没人能让我摆脱这个制造麻烦的教士吗"。他身边的四位骑士星夜直奔坎特伯雷，找托马斯说理。托马斯绝不通融，被骑士们乱剑砍死。大教堂的惨案立即震动英格兰和整个西方教会。有个细节决定了圣人的地位。教士们在清洗遗体时发现大主教贴身穿着修行用的刚毛衬衣,上面还有虫子,于是他的美德得到证明。当时就有虔诚的信徒把他血衣上的血块用作治病的良药。1173年2月21日,教皇亚历山大三世谥封他为圣人、殉道者,第二年7月12日,亨利二世到坎特伯雷他的墓前忏悔谢罪。从此,朝圣者就络绎不绝。1220年,坎特伯雷大教堂内专为托马斯建造的三一圣堂竣工,他的遗骸移葬堂内。从此,到这位圣人、殉道者墓前朝圣成了英国乃至整个欧洲的一景。1538年,英王亨利八世在与罗马教廷争吵的过程中下令解散隐修院,三一圣堂被毁。朝圣就此中止。所有这些细节,本剧都有提及。朝圣还有各种奇特的功用,据说托马斯的神灵还能治病救人。据《托马斯·贝克特传说考》一书作者P.A.布朗在上世纪二十年代统计,三百多年的时间里关于托马斯奇迹的记载,多达五百余种。[1]应该感谢托马斯亡灵的远不止将自己身体康复归功于他的信众。托马斯死后享有如此崇高的荣耀,《克拉伦登宪章》就难以真正执行。中世纪时最恶劣的现象之一就是神职豁免权,这种现象因托马斯而迟迟不去。屈维廉在《英格兰史》中谈到托马斯事件的恶果时写道:"僧侣和教牧人员,甚至各种职业人士,与教会沾上一点边的家仆、下人,到后来只要不是文盲,犯有盗窃、强奸、杀人等罪,只要初犯,就不会严处。要取得低级教职太容易了,那些人品低劣者都会为这种保护与特权所吸引。……亨利二世一声轻率的喊叫和几位骑士的恶劣行为救了十代人时间里犯有重罪的教士。"[2]

---

[1] 转引自基斯·托马斯《宗教和奇迹的衰微》,牛津大学出版社平装版,1997,第26页。
[2] 屈维廉:《英格兰史》(伦敦,1945),第155—156页。小圣品甚至包括司门员。

五

巴娄教授在总结托马斯的一生时发问,他究竟取得什么成就?"最明显的莫过于他极其成功的生涯。伦敦商人之子当上枢密大臣、坎特伯雷大主教和圣人,没有什么能与此相比。他在机会的梯子上攀爬,手脚灵巧。在他发迹的过程中,直至最后灵光显现的片刻,一直有一片阴影,那就是骄傲之罪,这是七大罪里的首恶。他的敌人为此激烈批评他,他的一些朋友也痛苦地认识到这一点。骄傲之罪也可能转化为宏伟壮丽。具有反讽意味的是,它救了托马斯,使他克服种种不利条件,取得对俗世统治者的胜利,不然他只是一个充满俗念的大主教。"①在全书结尾,巴娄在称他为"大明星"②之后写道:"托马斯的胜利出人意料,说明上帝之道高深莫测。对上帝而言,任何事情都有可能。"③我们除了感叹,还能多说什么呢?

这位大主教依仗教廷和外国的威势向英国施压,一度深受英国人憎恨。各种史籍在论及他与国王的纠纷时,在责备骑士的暴行的同时对托马斯也颇多微词。对托马斯的性格弱点,艾略特其实非常敏感。爱慕虚荣或骄傲(pride)是基督教七大罪中的首恶。圣经《箴言》里说:"骄傲在败坏(destruction)之先,狂心(haughty spirit)在跌倒之前";"治服己心的,强如取城"。骄傲及其各类变种如自命清高在中国文化中地位如何,是非常值得讨论的话题。我们一般讲到

---

① 《托马斯·贝克特》,第270—271页。
② 原文用法文 monstre sacré,是法国作家科克托的发明。该词直译为英文就是 sacred monster(神圣的恶魔)。
③ 《托马斯·贝克特》,第275页。

骄傲,不是"满招损,谦受益"中的"满",就是项羽式的愚蠢的骄傲。屈原由自恋而自大,高驰而不顾;许由遁耕箕山,不得已听到世事,洗耳以示高洁。我们很少会想到,这些高士的举动可能沾染了"狂心",也需要像奥威尔所怀疑的圣人那样证明自己的清白。托马斯的骄傲和狂心恰恰是艾略特的关心所在。他安排四位引诱者上台,就是要看大主教能否"治服己心"。艾略特对莎士比亚的《科里奥兰纳斯》[1]评价极高,他在《哈姆雷特》一文中说,《科里奥兰纳斯》显示了炉火纯青的悲剧艺术,剧中同名主角就是由骄傲、不合群而走向"败坏"。艾略特还在自己的诗作中提到这位罗马将军的名字,甚至将它用作一首诗(未完成)的题目。笔者这次阅读李文俊先生的译文,深感在古罗马将军科里奥兰纳斯和坎特伯雷大主教之间存在某种联系,两人都因性格特点导致不幸,悲剧色彩孰轻孰重则是可以讨论的。艾略特在《大教堂凶杀案》中充分展开了他对"骄傲"的探讨,然而据笔者了解,艾略特的研究者对这一点未予重视,很是可惜。托马斯真正克服了他的狂心并抵御住诱惑,尤其是成圣的诱惑了吗?艾略特显然是希望他成功的。托马斯自称他个人的意志已融入上帝的意志之中,也就是说,他去掉了心里的"我"字。也许,但是……为什么他自始至终一直意识到自己将进入圣人的殿堂?这种意识会不会稍稍扭曲他的行为模式?要从剧本本身来详论这一点,就需要另一篇较长的文章了。

---

[1] 即北京人艺 2007 年演出的《寇流兰大将军》。

大教堂凶杀案

李文俊 译

第 一 部

人　　物

坎特伯雷妇女合唱队

大教堂三教士

一信使

大主教托马斯·贝克特

四诱劝者

会　众

场景为大主教的府邸

时间为1170年12月2日

合唱队　让我们站在这里，靠近大教堂。让我们伫候在这里。
是危险吸引我们前来？抑或是对安全的期盼，
把我们的腿脚牵引来大教堂？
难道还有任何事情会是危险，对于
我们，已经一贫如洗的坎特伯雷女人？何等样的苦难
未曾为我们熟悉？对于我们，已再也无所谓危险，
何况大教堂里也并不安全。是一个行动的某些征兆

迫使我们觉得必须眼见为实，迫使我们的腿脚
必须走向大教堂。我们不得不来亲眼见证。

金色的十月已让位给阴郁的十一月。
苹果采下也已贮存，大地变成了
　　腐水荒地里象征死亡的一个个棕褐色小尖冢，
新年在等待与呼吸，等待并在黑暗中悄悄耳语。
此时，庄稼汉们踢掉沾满泥土的靴子，伸出手去朝向炉火，
新年在等待，命运在等待那即将来临的事情。
谁在伸手烤火的同时还记得万圣节的列位圣徒，
记得等待中的那些殉道者与圣徒？谁又会
将手伸在炉火前，却拒绝自己的主人？谁将在火边
把自己烤得暖暖的，却背弃了他的主人？

七年又一个夏天已经过去。
七年了，自从大主教离开我们，
他一直待他的信众那么慈祥。
不过倘若他回来结果怕是不会太美妙。
国王在统治，领主们在统治；
我们承受着种种压迫，
不过主要还是受着自己心计的支配，
倘能无人管束，我们便会心满意足。
我们尽量管好自己一家子的事；

商人不事张扬，悄悄敛聚起一小笔家当，

受苦人伛身对着自己那片小土地，面有土色，

 那原本就是他自己的颜色，

经过时唯恐引起别人的注意。

此刻，我担心宁静的季节怕要受到骚扰：

冬天将挟带着死亡从海上来，

骚动不安的春天会叩击我们的门，

根与茎会噬食我们的眼、我们的耳，

毁灭性的夏日又会把我们的河床烤焦，

受苦人等来的将是又一个收成腐烂的十月。

夏季何苦要欺哄和安慰我们，

如果结果仅仅是秋季的火、冬天的雾？

夏日的酷热里我们能做什么，

除了在荒园里等来另一个十月？

一种瘟疫正向我们逼近。我们等待，我们等待，

圣徒和殉道者也在等待，等的是接班的殉道者和圣徒。

命运在**上帝**的手里等待，蕴酝着逐渐成形：

我曾在一束阳光中见识过这类的事。

命运在**上帝**的手里等待，而不是在政客们的手中，

他们总是在算计与揣度，有的机巧有的也很笨拙，

在手中将自己的目的按时代的模式随意捏塑。

来吧，快乐的十二月，谁将见证你，谁将为你留下记录？

莫非**人子**还会从嘲弄的唾沫堆里重生？

对于我们，穷苦的人，不会有行动，
我们只会等待，只会见证。

[教士们登场]

教士一　七年又一个夏天已经过去。
七年了，自从大主教离开我们。

教士二　大主教都做了些什么，还有我们至高无上的
教皇大人，
对于我们执拗的国王以及法兰西国王？
在无穷尽的纷争与拼凑而成的妥协中，
在会议上，达成了协议与不欢而散的会议上，
不了了之或无止无休的会议上，
在法兰西此处或彼处召开的会议上？

教士三　我未见到世俗政府执政上有何令人叹服的技艺，
除了暴力、欺诈与层出不穷的营私舞弊。
国王统治也好，领主们统治也好：
强人仗着铁腕，势单力薄背靠的是多端的诡计。
他们唯一尊奉的法规便是：攫取权力，保住权力，
地位稳固的可用别人的贪淫来运筹帷幄，
摇摇欲坠的则毁灭于自己的好色与贪婪。

教士一　这样的情况难道就不会终止,
　　　　直到大门外的那些穷苦人
　　　　忘掉了他们的朋友,他们**天上的父**,还忘掉
　　　　他们曾有过一个朋友?

　　　[信使上场]

信使　**上帝**的仆从们,寺院的看守者们,
　　　　我来是通知你们,我就直说不绕弯子了:
　　　　大主教已经来到英国,就在离城不远处。
　　　　先派我匆匆前来,
　　　　好通知你们他将来临,让我把话尽量说清楚,
　　　　好让你们准备迎接他大驾光临。

教士一　什么,莫非流亡已经终止,我们的大主教
　　　　将和国王重新修好?两个傲慢的人
　　　　究竟达成了何等样的协议?
教士三　在锤子和铁砧之间
　　　　又能出现什么样的平静?
教士二　告诉我们,
　　　　旧的争论结束了吗,隔开他们的
　　　　那堵傲慢的墙坍塌了吗?是和平还是仍然在争战?

教士一　他来

　　拥有充分的控制权，抑或仅仅是
　　在罗马的统治下，做精神上的驭领，
　　对正义加以肯定，对百姓表示眷爱？

信使　你们表示了一些不信任，这也情有可原。
　　他来，怀着尊严与忧虑，重申他所有的主张，
　　明确无疑地，显示对民众的热爱，
　　他们欢迎他，表现出了狂热的激情，
　　夹道欢迎，脱下披风为他铺道，
　　路上撒满了树叶与新鲜的花朵。
　　城里是万人空巷，挤得透不过气，
　　我想他的马尾巴定会全被拔光，
　　每根马毛都会成为一件珍贵的圣迹。
　　他看法一致，跟**教皇**，还有法国国王，
　　后面的那位恨不得将他留在国内；
　　至于我们的国王，那又是另外一回事。

教士一　不过还是要问一句，到底是战还是和？

信使　是和。却非和平之吻。
　　而是拼凑草成的状态，倘若你要问我的看法。

若是要让我说，我认为尊贵的大主教

并非心存丝毫幻想的人。

或是需克服最后残存那点自尊心的人。

若是要问拙见，我认为这样的和平

既绝非一个终结，又不像是一个开端。

人所共知的是，当大主教

告别法国国王时，他对陛下说，

我的大人，他说，我离开您时是这样一个人，

在我余生里我将不会重新见到。

此话，我向你保证，是从最高当局处得知；

对大主教说的话的真意有着多种解释，

但没有一种认为是乐观的预言。

[退场]

教士一　我为大主教担心，我为教会担心，

我知道人一旦腾达便会骄傲，

这骄傲又会因遇到狠毒对抗而火上添油。

我见过他任枢密大臣时的景象，常得到国王谀赞，

朝臣们对他或敬或畏，各用自以为是的方式，

他受人鄙视也鄙视别人，总是孤立无援，

他不拉帮结派，地位一直岌岌可危；

他的骄傲却总是来源于他的德行，

矜持从大公无私中汲取养分，

矜持由慷慨大度里汲取养分，

他憎厌宠主额外拨予的权力，

唯愿能单独侍奉**上帝**。

倘若国王更为英明，或者干脆愈加懦弱，

对于托马斯，事态倒是会迥然不同。

教士二 不过我们的大人还是回来了。大人重又

恢复他的地位，

我们已经等得太久，从十二月到另一个让人沮丧的

十二月。

大主教将率领着我们，驱走失望和怀疑。

他定会告诉我们该怎样做，给我们指令，教导我们。

我们的大人和教皇，还有法兰西国王，会站在一起。

我们身后有磐石可倚，脚下有稳固的立足之地

来抵挡爵爷、地主势力的永恒冲击。

上帝的岩石就在我们脚下。让我们欢迎大主教

以热诚的感恩心情：

我们的大人，我们的大主教回来了。当大主教归来，

我们的怀疑即烟消云散。因此，让我们欢呼，

我说的是欢呼，还要显露笑容来表示对他的欢迎。

我即是大主教的部属。让我们对大主教表示欢迎！

教士三　不管是吉是凶，总得让时代之轮转动。

都七年了，轮子一直纹丝不动，这样可不行。

不管是凶还是吉，还得让它转动。

不然谁知道结局是好是歹？

直到那些推磨人将磨盘停下，

戛然将街门关上，

所有的奏乐女郎也被喝令压低喧响。

合唱队　这不是个能维持下去的城市，长居不宜。

风中有瘟疫，时令不相宜，赢利无保障，风险却会必然来临。

唉，晚了晚了晚了，时节已经错过，今年不会有好的收成；

风是罡风，海是怒海，天空灰暗，灰暗灰暗灰暗。

哦，托马斯，回去吧。大主教，快快回去，回归法兰西。

回去。要快。要没有动静。就让我们在沉寂之中灭亡。

你带着欢呼声来，你带着叫好声来，可是你也把

　　死亡带进了坎特伯雷：

把厄运带给这座教堂，带给你自己，带给这个世界。

我们不希望出什么事情。

七年来我们静悄悄地过日子，

做到了不惹人注意，

活着，凑凑合合地生存着。

这里确实有压迫与穷奢极侈，

这里确实有贫穷与种种限制,

这里确实有小小的不公平,

可我们还是活了下来,

活着,凑凑合合地生存着。

有时候谷物歉收,

有时候收成还算不错,

有一年阴雨连绵,

下一年又是干得土地生烟,

有一年苹果太多,

另一年李子却不挂果。

不过我们还是活了下来,

活着,凑凑合合地生存着。

我们还能张罗欢宴,听得到大弥撒,

我们酿造了啤酒还有苹果酒,

聚积下御冬的木柴,

在炉角边聊聊家常,

在街角传传小道消息,

说话,还不至于非得窃窃私语,

活着,凑凑合合地生存着。

我们看到了出生、死亡和男婚女嫁,

见识过形形色色的丑闻,

我们承受着各种捐税,

但我们也会开怀大笑,也会扯扯闲篇,

有几个小女子不见了踪影，
原因不便明说，有的想跑却跑不了。
我们都各有自己隐秘的恐惧，
我们特殊的阴影和不可告人的心病。
可是如今大难临头，不是某一个人的而是属于全体，
那是生与死的恐惧，当我们把生死单独
视为一种特殊的虚空。我们
害怕这种恐惧，对之我们无所知晓，无法面对，
　也无人能够理解，
于是我们的心被撕离，我们的头脑像洋葱被一层层地
　剥却，我们的自我也迷失，迷失
在一种无人能懂的最终恐惧中。哦，托马斯大主教，
哦，托马斯我们的大人，离开我们，让我们自生自灭
在卑贱、阴暗的生存框架中，离去吧；别要求我们
反抗这座厅堂、这位大主教和这个世界的毁灭。
大主教啊，把握住掌握好自己的命运，别在阴影包围
　当中四处出击，您莫非不明白，对于小人物，
把他们拖进命运的模式，意味的是什么，小人物无非就
　生活在小是小非当中，那样要求
岂不是让小人物伤透脑筋，要他们来支撑住这厅堂，
　它们的主人和这个世界的倒塌？
哦，托马斯，大主教，离开我们，离开我们，离开阴沉的多弗，
　张帆驶向法兰西，即使在法国，您仍然是我们的大主教。托马

斯大主教，把白帆升起在灰天与怒海之间，离开我们，离开我们去法兰西吧。

教士二　在这样一个时刻还会这样说话！
你们真是一群傻头傻脑、自以为是、喋喋不休的婆娘。
莫非你们不知道，善良的大主教
任何一分钟都会来到？
街上的群众将会一阵阵地欢呼，
你们却像树顶的蛙群不住地喧聒：
青蛙至少可以煮熟让人吃。
不管你们担的是什么心，见识短浅的东西，
希望你们至少脸上别显得那么难看，
对我们的好大主教得做出一次像样的欢迎。

[托马斯登场]

托马斯　安静。让她们说去，她们正说得起劲。
她们连自己都不知会说得这样好，连你们都无法理解。
她们知道也不知道，要做或是要忍耐不做的该是什么。
其实忍耐即是行动。间谍不会忍耐，
同样，病人不会行动。可是二者都注定
要处在一种永恒的行动中，那就是永恒的坚忍。
大家谁都必须同意要服从它的支配，

大家都必须忍耐这样才能把它支配,
只有这样体制才得以维持,因为体制既是行动
又是忍耐,这样时代之轮才能转了又停,
直到永远停歇。

教士二 哦,我的大人,请原谅我,未能见到您的光临,
我让这班傻女人的聒噪弄昏了头。
原谅我们,我的大人,您应该得到更好的欢迎,
倘若我们能早些为这件事情做准备。
不过大人您知道七年的等待,
七年的祈祷,七年的虚席以待,
使我们的心早就做了更好的准备,
强似整整七天在坎特伯雷的筹备。
不过,我会在您所有的房间里
都生上火,以抵御英国十二月的严寒,
大人您如今已习惯了更温煦的气候。
您也会发现房间里与您离开时一模一样。

托马斯 在离开时我也会尽量把它们维持原样。
对你们所有的悉心照料我真是不胜感激。
不过这些都是小事。在坎特伯雷无法休息,
因为四周围凶狠的敌人并不休息,
那些反叛的主教,约克、伦敦、索尔兹伯里的,

会拦截我们的书简,
在海岸上布满间谍,派一些
怀有刻骨仇恨的人来与我会面。
蒙**主上帝**之恩,对他们的意图有所预知,
我早几天已经把一批信件发出,
总算是安渡海峡,被送到桑威奇,
布洛克,沃伦,还有那个肯特郡长,
他们都发誓要取我的首级,
只有约翰,索尔兹伯里的教长,
唯恐坏了国王的名声,警告不可犯叛逆罪,
才使他们不敢动手。因此一时半刻
我们还不会受到骚扰。

教士一　不过难道他们不会跟踪?

托马斯　短期之内,那头饥饿之鹰
　　　只会在高空展翅盘旋,朝低处窥探,
　　　等待着借口和由头,以及机会。
　　　结局肯定是断然下手,当看准有天赐良机。
　　　与此同时,我们的第一回合的过招
　　　必定是影子之战,是跟影子搏斗。
　　　打的是热闹的过场却非消耗战。
　　　一切都是为了做准备。你们瞧着好了。

[第一位诱劝者登场]

诱劝者一　您瞧，我的大人，我都等不到仪式正式开始，
便径直来了，忘掉了对我所有的尖刻讥诮，
只祈求大人目前举足轻重的地位
不会计较我身份的卑微，而是
只记得共同度过所有的那些美好时光。
大人该不会藐视一个落魄失意的故人？
老汤姆，快乐的汤姆，伦敦人贝克特，
大人该不会忘记河上的那个夜晚？
当时国王和你我还是至交。
友谊永恒，绝非无情的流光能够丢抛。
什么，我的大人，如今重新得到国王的
恩宠，就可以说夏天已经过去，
美好的时光再也无法留存？
草场上弄笛，大厅内操琴，
流波上荡漾着欢笑声和苹果花香，
高歌于夕阳下，悄语在雅室中，
炉火驱祛了冬季的寒冽，
忘掉了黑夜，用幽默、醇酒还有智慧！
如今国王与您重新修好，
教士和信众可以重新松一口气，

寻欢作乐和打闹无需再避人的耳目。

托马斯 你说的都涉及过去的岁月。我却只记得
不该忘却的那些事情。

诱劝者 那就说说新生的季节好了。
春天在冬季里悄悄来到。树枝上的积雪
将和落花一起在水面上飘香。沟沿的残冰
映照出了阳光。果园里的情爱
也让液汁升上树端。欢乐眼看要抢去忧郁的风头。

托马斯 对于未来我们所知无多，
只晓得一代接着一代，
同样的事情一遍遍地反复出现。
人都不善于从别人的经验里学到教训。
不过人在自己的一生里，却永远
不会让同一件事情反复出现。斩断
缰索，扔掉天平吧。只有
愚人，执迷不悟的愚人，才会以为
他能将自己转动着的轮子逆向倒转。

诱劝者 我的大人，点头和皱眉都一样的美好。
一个人厌弃过的还会将之视为至尊。

为了往昔的好时光——此刻它重又来临，
我愿在您的左右追随。

托马斯　可别进入这个行列。
得注意自己的表现。你会更加安全——
倘能经常反省有无不忠于自己的主子。

诱劝者　走这样的步姿那是绝对不会！
你走得快，别人比你还快。
大人您未免自视过高！
最安全的猛兽并非吼声最响的那一只。
这可不是圣主吾王行事的方式！
您过去对待罪人也未曾这么严厉，
他们也曾经是您的朋友。别生气，老兄！
脾气和顺的人才能吃到最好的晚餐。
听一个朋友的劝告。独自好好离去吧，
否则您的肥鹅会被烤熟吃得只剩骨头。

托马斯　你来晚了足足二十年。

诱劝者　那我只得让您听天由命了，
让您去追逐更高层次罪恶的欢乐，
那样，付出的代价也会更高，

别了，我的大人，我不等仪式开始，

走时与来时一样，忘掉所有的尖刻讥诮，

只祈求大人目前举足轻重的地位

不会计较我身份的卑微。

如果在祈祷时您能记起我，我的大人，

我也会记得您，在我们下楼吻别时。

托马斯　自管自好好走吧，你是春天里的胡思乱想，

让你那个念头随着风的呼啸一起飘走。

根本不可能的事情，还要用来当诱饵，

那是绝不可能，也无人垂涎，

睡梦里发出的声音，还想唤醒死去的世界，

要让我此刻头脑混乱心有旁骛。

[第二位诱劝者登场]

诱劝者二　大人没准儿已将我忘记。容我提醒一句。

我们曾相见于克拉伦登，于北安普敦，

最后又在蒙米列尔，在曼恩①。这些地名我已列举，

就让我们把这些不算太愉快的记忆

来平衡其他的那些，更早一些

也更有分量的记忆：在枢密院里的那些。

---

① 法国巴黎东郊小镇。

瞧瞧后起之辈是如何节节高升！还是得让您，
有定评的治国大臣来重掌国家的航向。

托马斯　此话怎讲？

诱劝者　您受命为大主教时
便辞去枢密官的职务——这个错误犯得
实在不应该——不过还有挽回余地。想想看，大人，
拥有权力即能带来荣誉，
而且终身拥有，是永恒的财富，
且不说殿宇般的陵墓，大理石的纪念碑。
统御人这事绝非是癫狂。

托马斯　对于侍奉上帝的人又有何乐趣？

诱劝者　悲哀啊
那些唯独向上帝奉献爱意的人。
掌握着世俗实权的衮衮诸公
怎么会清醒着去追随幻影漫游？
权力才是眼前的实事。神圣不神圣死后再议。

托马斯　那么谁会是这样的人？

诱劝者　枢密大臣，国王和枢密大臣。

　　国王下令。枢密大臣经费宽裕地治理。

　　有一句话学堂里从未教授过：

　　安抚住大人物，保护好草民，

　　在上帝庇护下人还能有什么别的想头？

　　解除暴徒的武装，强化法治，

　　为更好的秩序井井有条地治理，

　　执法公正，让众生平等，就这样

　　在人间甚至天堂里也能够安享太平。

托马斯　这意味着什么？

诱劝者　真正的权力

　　要以适当的顺从为代价方可换得。

　　您精神上有力量在俗世却是不值一文。权力对于会执控的人

　　方始存在。

托马斯　那将属于谁？

诱劝者　将会出现的人。

托马斯　会在哪一个月？

诱劝者　最先之中的最后一个月。

托马斯　以什么来换取它？

诱劝者　虚假的神职权。

托马斯　何以要舍弃它？

诱劝者　为了权力和荣耀。

托马斯　不！

诱劝者　是的！不然的话勇敢者将受阻折，
　　　　　禁锢于坎特伯雷斗室，成为无国土的统治者，
　　　　　一位无权无势的教皇的自我拘囿的奴仆，
　　　　　为众猎犬团团围住的一头老牡鹿。

托马斯　不！

诱劝者　是的！人必须擅长于谋略。君王亦不例外，
　　　　　对外作战，内部自需有牢固的同盟。
　　　　　一己的私利，必须说成是为公众的福利；
　　　　　想神态威严，还得靠衣装打扮。

托马斯　你忘掉那些主教了，
　　　我已经将他们开除出教籍。

诱劝者　饿火般的仇恨
　　　斗不过机巧的自谋权益。

托马斯　你忘掉那些领主了。他们该不会忘记
　　　对他们重大利益的持续限制。

诱劝者　约束领主，那是
　　　国王的事，自由民的事，枢密官的事。

托马斯　不！难道我，掌管着
　　　天堂和地狱钥匙的人，在英格兰是至尊，
　　　收紧与放松都由我做主，权是教皇亲授，
　　　竟会向一个更低下的权力低头？
　　　我受教皇之命，可以做出决议
　　　谴责哪些国王，不让他们再管辖臣民，
　　　这是我公开的职务。不！你走。

诱劝者　那我就让你听天由命了。
　　　你的罪孽升向天日，高过于国王们的鹰隼。

托马斯　世俗的权力，要建造一个良好的世界，
维持秩序，世人所认知的秩序。
相信世俗秩序的那些人
并不服从上帝的命令，
在自以为是的无知中，恰好引起了无秩序，
还想要加以巩固，这更是酿成了大错，
践踏了他们所高声赞美的。权力归于国王——
我就**曾**是国王，他的臂膀，他的更清醒的头脑。
不过一度认为高不可攀的地位
如今仅仅是粪土不如。

[第三位诱劝者登场]

诱劝者三　我是个不速之客。

托马斯　我早料到你会来临。

诱劝者　没想到我以这样的姿态，怀着此刻的目的吧。

托马斯　任何目的都不会使我惊讶。

诱劝者　那好，我的大人，

我不是个吹毛求疵的人，不是玩政治的，

不是在朝廷上胡混或是专出损招的人，

我不会钩心斗角，不是朝中大员。

我熟悉的只是一匹马、一条狗、一位小娘子；

我懂得怎么把我的产业治理得井井有条，

是个只顾管好自家事的田舍翁。

但熟悉本土事务的是我们这样的乡绅。

我们知道国家需要的是什么。

这是我们的国家。我们关心这个国家。

我们才是国家的顶梁柱。

是我们，而不是依附于国王的

只会出馊主意的寄生草。原谅我话说得粗糙：

我原就是个直进直出的英国佬。

托马斯　尽管直说无妨。

诱劝者　目的其实也很简单。

友谊是否长存并不取决于

咱们自己，而是由环境决定

可是环境又绝非一成不变。

不真实的友情会变得真实，不过

真实的友情，一旦决绝，却绝难重新修复。

仇人会急转直下结成死党。

从来不知何为友谊的仇敌

在瞬刻之间又能达成默契。

托马斯　你自称是乡下佬，

却把自己的意思围裹在幽深的概括里，

丝毫也不逊于任何一位朝廷大臣。

诱劝者　这是最明白不过的事实！

与亨利国王你已无望

重归于好。你完全是

闭目塞听，在自己的孤立中硬挺。

这可是一个错误。

托马斯　噢，亨利，噢，我的国王！

诱劝者　别的一些朋友

在目前的景况下，还不是不可以找到。

英格兰国王并非无所不能；

国王是在法国，在安茹争吵不休，

围着他的是急于上台的那几个儿子。

我们是爱英国的。我们人在英国。

你和我，我的大人，都是诺曼底人。

英格兰是应该由诺曼底人

统领的土地。让那个安茹人①

在安茹争斗中自我毁灭吧。

他不了解我们，英国的领主们。

我们才是本土人氏。

托马斯 这样做会导向何方？

诱劝者 导向有明智的利益的

欢乐同盟。

托马斯 不过你有什么力量呢——

如果你是在为领主们说话——

诱劝者 大人如果想要知道，

我代表着一伙力量强大的人，

他们已经把眼光转向你的这边——

想从你这里得到支持。

对于我们，得到教会的肯定是一种庇佑，

有教皇为我们祝福更是我们为自由

而战中有力的保护。而你，我的大人，

能和我们站在一起，就是一举两得，

---

① 指英王亨利二世。安茹曾是英国的一个部分。亨利二世有时会驻跸安茹。安茹后归法国。

挥出有力的一击，为英国也是为罗马，
结束国王法庭对主教法庭、
国王法庭对领主法庭的
专制暴虐的裁决权。

托马斯　那正是我曾经帮助建立的。

诱劝者　那正是在您帮助下建起的。
不过事过境迁。这事已被忘记。
我们现在期待着一个新星座的升起。

托马斯　如果大主教无法相信国王，他又怎能
相信为国王的破坏行为出力的那些人？

诱劝者　国王们独断专行，权力丝毫都不松手；
教会与人民当然有充分理由反对王座。

托马斯　如果大主教对王座无法信任，
他有充分理由对谁都不信任，除了上帝。
我当过枢密官行使过威权，
你这样的人都巴不得在我门外排成行。
不仅在朝廷上，在田野里，
而且也在比武场上，我都做过许多让步。

我曾像鹰隼御领着鸽群，

莫非现在要让我当狼群里的一只狼？

你可以诡计多端，像过去那样：

我可不能让任何人说我背叛了国王。

诱劝者　那么，我的大人，我就不在您的门口恭候了；

而且我亟极希望，明年开春之前

国王就会对您的忠诚做出反应。

托马斯　对摇摇欲坠的力量做拼死的搏斗。

做了，然后失败，我不是没有思想准备。

参孙在加沙所做的也无非就是这样。

不过倘若失败，我也宁愿独自承担。

[第四位诱劝者登场]

诱劝者四　干得漂亮，托马斯，你的意志很难违拗。

不过有我在你身边，你不会缺少一个朋友。

托马斯　你是何人？我以为

只有三位来客，没有第四个人。

诱劝者　多接待一个又何必大惊小怪。

　　　　　如果是约定好的，我自当早一点儿到，
　　　　　我做事一向把时间提前。

托马斯　你是何人？

诱劝者　你既然不认识我，我也可以不需要名字。
　　　　　而且，是因为你了解我，所以我才前来。
　　　　　你是了解我的，仅仅是未曾见过我的面。
　　　　　以前遇见过不需要有时间与地点。

托马斯　说说你来想说的是什么。

诱劝者　到时间自然会提到。
　　　　　过去的琐事往往被充作鱼钩上的钓饵，
　　　　　说话没遮拦是一个弱点。说到咱们的国王，
　　　　　他铁石般的仇恨简直是没有个边。
　　　　　你知道得很清楚，国王决不会两次相信
　　　　　做过他的朋友的人。
　　　　　对借来的东西要小心使用，替别人
　　　　　服务需记住随时会中止。
　　　　　一旦你的作用起完，成为垃圾，
　　　　　就等着那桶盖啪地关上。
　　　　　至于领主们呢，地位虽然低，

大教堂凶杀案 · 031 ·

妒忌心却强过于国王的仇恨。
国王有官家的政策，领主们有私人的利益，
妒忌会招来恶人的占有欲。
以利相诱领主们便会互相残杀；
国王们还要想反对更强的对手。

托马斯　那么先生有什么建议呢？

诱劝者　好好走下去，千万别回头。
除了已然选定的那一条，
其他的路你都是走不通。
不过什么是你的喜悦，是王者般的统治，
或是在一人之下统御万民，
躲在阴暗的角落里施用见不得人的诡计，
将精神世界的权力全都捏在手里？
从亚当堕落时起，人便受到罪恶的操纵——
而你却掌控着天堂与地狱的锁钥。
有收紧与放松的权力：收紧，托马斯，只需收紧，
国王和主教便都被你踩在脚底下。
国王、皇帝、主教、领主、国王：
便掌控不住瓦解中的军队，
战争、瘟疫，还有革命，
层出不穷的阴谋和撕碎的协议。

一小时之内由主子变成奴仆，
　　这就是世俗权力的轨迹。
　　老国王将体会到这一点，当他呼出最后的一口气，
　　儿子没有了，帝国也没有了，他咬着碎裂的牙齿。
　　你却捏着那股纱线，绞拧，托马斯，绞拧
　　那永恒的有关生与死的一根线，
　　你掌握着这个权力，握紧了可别放松。

托马斯　至高无上的权力，在这片国土上？

诱劝者　至高无上的，只除了一个。

托马斯　那我就不明白了。

诱劝者　不该由我来告诉你为何会是这样；
　　我只是在这里，托马斯，告诉你你已经熟知的。

托马斯　这样能维持多久？

诱劝者　除了你已知的，什么也别问我。
　　不过要想到，托马斯，想到死后的荣耀。
　　国王死了，又会有另外一个国王，
　　新国王执行的是新的统治。

国王会被忘记，当另外一个上台：

圣者与殉难者却在坟墓里施行统治，

想想吧，托马斯，想敌人的沮丧，

匍匐着悔恨，见到阴影就会战栗；

想想朝圣者们，排列成行，

在镶嵌着璀璨珠宝的圣殿前，

一代代地绵延不绝，

曲着膝跪在地上祈求。

想想各种神迹，那是上帝的恩赐，

再想想你的敌人，他们所处的别样的地位。

托马斯　这些事我亦曾想过。

诱劝者　正因为如此我才告诉你。

你的思想比国王们强加给你的更为有力。

你也曾想过，有时，当你在祈祷，

或是在楼梯拐角处起步迟疑时，

在睡与醒之间，那时天还蒙蒙亮，

鸟雀在啁啾，你想到了更有讽刺意味的事。

那就是无物是永存，可是轮子在转动，

鸟巢被洗劫，鸟儿哀鸣；

圣座将被洗劫，金子也都耗尽，

珠宝取去为轻狂女子增添光彩，

圣殿被捣毁，里面的宝物
被夺走成为狂徒和娼妓的囊中物。
当神迹不再显现，信徒们离你而去，
一般人都恨不得早点儿忘记你。
再往后景况愈加不堪，人们都不再恨你，
也不想詈骂或是诅咒你，
却去思考你缺少的是什么品质，
只想试着找到历史的真实。
那时人们将宣称根本没有任何神迹，
只是此人在历史上曾起过一定的作用。

托马斯　那么又有何事可做？还剩下什么事要做？
真的没有永存的冠冕可以获取？

诱劝者　是的，托马斯，是的，你也想到了这一层。
永久追随于上帝左右的圣者们的荣耀，
又有什么能够与之相比？
与天堂荣光的辉煌相比，
什么样的尘世光辉，国王或是皇帝的，
什么样的尘世高傲，还不都显得寒酸？
寻求殉难之道吧，让你自己处于世间的
最底层，那可是高高地在天上翱翔。
那时再朝低处的尘世眺望，海湾依旧

在那里，迫害你的那些人，永久地受着折磨，
激情受到煎熬，赎罪却是绝无可能。

托马斯　不！
你是何人，竟以我自己的欲念来诱惑我？
其他人来，那些都是世俗的劝诱者，
开出的是欢乐与权力那种低俗的价码。
你开的是什么价？你想要买的又是什么？

诱劝者　我愿出的正是你所想做到的。我要的
是你巴不得摆脱掉的。难道还会太高，
比起一个如此永恒荣耀的前景？

托马斯　别人拿出来的都是真货，值不了什么
却都是货真价实。而你提供的
只是走向毁灭受谴的梦幻。

诱劝者　难道你不是经常梦想能够得到？

托马斯　莫非，在我灵魂患病时，就不会
出现一条因为骄傲而受天谴的岔道？
这些诱惑我清楚得很，
那意味着现时的自负与他日的受煎熬。

难道有罪的自傲只能靠
更多的罪愆来祛除？我就不能行动或受苦，
以求不遭永谴？

诱劝者 你知道却又不知道，何为行动或受苦。
你知道却又不知道，行动即是受苦，
受苦也即是行动。间谍并不受苦，
病人也不会去行动。二者都被固定在
一种永恒的行动之中，一种永恒的坚忍，
对于它所有人都必须同意要遵守，
所有人都必须克制使自己愿意遵守，
如此，规范才能维持，轮子才能转或是停，
一直到永远止歇。

合唱队 屋子里没有安静。街上也不得安宁。
我听见不安的脚步在移动。空气是重浊而且不清。
天空也重浊不清。地面在我的脚底往上挤涌。
这难闻的气味是什么，这水汽？是罩在一棵枯树上那朵云彩
  发出的深绿色的光？土地在起伏正分娩地狱的子孙。我手
  背上凝聚着黏黏的水珠，那究竟是什么？

四诱劝者 人的生命是一次欺诈，一次失望；
所有的东西全都不真实，

不真实或是令人失望：

是转轮烟火，是童话剧里的猫，

儿童联欢会上颁发的奖品，

作文比赛中得到的奖状，

学者的学位，政治家的奖章。

一切都变得不太真实，人从

不真实走向另一种的不真实。

这个人好固执、盲目，一心要

走向自我毁灭，

玩过一次欺骗还要玩另外一次，

从辉煌到辉煌直至最终的幻灭，

迷失在自以为是的伟大幻想中，

是社会的公敌，也是自己的冤仇。

三教士 哦，托马斯我的大人，别去对抗不可抵御的惊涛骇浪，

不要在坏天气里顶风逆行；遇到狂风暴雨，

我们岂不应该等大海平静下来，夜太黑

便需静候白天来临，这样，旅人岂不才能找到正确的途径，

水手也可以凭太阳的方位指导航向？

〔合唱队、教士们与说客们交替发言〕

合唱队 那是夜猫子在叫，还是林木间发出的一个信号？

教士们　窗栓都插紧了吗，门也关严锁上了吧？

诱劝者们　是雨在叩击窗户，风在晃动着门吗？

合唱队　厅堂中的火把，房间里的蜡烛，都点燃了吗？

教士们　守夜人在沿着墙根巡逻吧？

诱劝者们　看门狗是在大门口嗅闻生人的踪迹吧？

合唱队　死神可有一百只手，会从一千个方向走近。

教士们　死神会在大家注视下来到，也能无影无声地经过。

诱劝者们　对着人的耳朵悄声细语，或是对准谁的脑壳突然下手。

合唱队　尽管提着灯笼夜行，一个人也会淹死在小河沟中。

教士们　一个人大白天爬楼梯，也会因一处烂楼板而失足。

诱劝者们　一个人好端端坐着吃肉，蓦然间腹股沟那里会发凉。

合唱队 我们从来都不快乐，我的大人，我们从来都不曾非常快乐。

我们不是愚昧的妇道人家，懂得什么该求，什么不该企求。

我们见识过压迫以及折磨，

我们看惯了敲诈勒索和暴力行为，

孤苦无告以及缠绵病榻，

老人冬天生不起火，

婴儿夏天里喝不上牛奶，

我们的劳动成果被人夺走，

我们的罪孽总比别人的深重。

我们见过小伙子让人卸去了胳膊和腿，

姑娘们遭糟蹋后只能在磨坊沟边颤抖。

但不管怎么说我们还是活了下来，

活着，凑凑合合地生存着，

把破碎的残片拼粘到一块儿，

趁天擦黑赶紧捡拾上几根柴火，

搭起半间房权充藏身之处，

有地方能睡，能吃，能喝，还能乐上一乐。

上帝不论何时，总会给我们一点理由，一些希望；可是如今一
　　种新的恐怖却败坏了我们，无人能够躲避，无人可以逃脱，
　　它流淌于我们的脚下，弥漫在头顶的天空；
它从门缝和顺着烟囱钻进来，往我们耳朵、嘴巴和眼睛里
　　灌涌。

上帝正在离开我们,上帝正在离开我们,带来比阵痛与垂死
　　更多的苦痛。
绝望的窒息人的气味在降下,
甜得发腻,弥漫在黑沉沉的空中;
黑暗里一些影像在形成:
豹子在发出咪呜喵呜声,厚厚的熊掌踩踏在地上,
频频点头的猿猴挥出猛掌,厚墩墩的鬣狗随时等着想
大笑,大笑,大笑。地狱的鬼神们来到此地。
他们围绕着你,躺在你脚下,一扭身扑翅穿过黑空。
哦,托马斯大主教,救救我们,救救我们,
拯救你自己使我们也能得到拯救;
毁灭你自己于是我们也会被毁灭。

托马斯　如今我的道路明确,如今意思也已清楚:
诱惑将不会以这种形式再次出现,
最后的诱惑将是那最大的背叛,即是:
为了错误的理由去做正确的事情。
在微小罪恶中表现出的自然活力
那就是我们生命肇始的方式。
三十年前,我寻求各种方式,
以取得欢乐、提升和褒奖。
感官上、学与思上面的欢愉,
音乐和哲学,好奇心,

丁香树上深色的红腹灰雀，

持矛骑士赛场上的武艺，对弈时的策略，

花园里的爱情，有乐器伴奏的歌唱，

都是我同样歆羡的活动。

最初的能量发泄完了雄心便会出现，

此时我们发现不再是所有的事情都能实现。

接着雄心萌发，隐蔽很深不为人觉察。

罪恶随着干得出色而滋生。当时我在英国

大力推行国王的法律，追随他跟图卢兹①开战，

我打败了领主们，按他们的游戏规则。此时

对于曾将我看成最没出息的人，我可以睥睨自雄，

那些土里土气的贵族，他们的风度无法谛视

就跟他们的手指甲一般。

在我吞咽下国王的盘中餐时，

绝无意思充当上帝的仆人。

为上帝服务比给国王当差

有机会犯更大的罪制造更多的痛苦。

为更崇高事业做工的人能让事业为他自己服务，

但正确的仍然是他：跟政界人物斗争

能使自己的事业具政治意义，非因他们做了什么

而是因为他们有何等样的身份。我知道

我历史上的其他的部分，对你们大多数人

---

① 8—13世纪法国南部的一个伯国。后并入法国。

至多也就是废话一篇，是

一个疯子的毫无意义的自我屠杀，

一个狂人傲慢的热情发泄。

我知道历史在任何时候都能

从最不起眼的事件中引导出最奇异的后果。

但是对于每一件恶行，每一个渎圣行为，

罪行、冤屈、压迫与斧钺之灾，

冷漠、欺压，你和你，

还有你，全都会受到惩罚。你们必将受罚。

我将不再行动或受苦，朝向刀剑之尖。

此刻我的好天使，上帝派来充当

我的保护者的好天使，在刀尖的上空飞翔。

幕　间

大主教　[1170年圣诞节早晨，布道于大教堂]

"荣耀归于至高之处的神，在大地上，让平安归于有善良意志的人。"（见《圣路加福音》第二章第十四节的诗歌）以圣父、圣子与圣灵之名。阿门。

上帝钟爱的孩子们，我今天早上的布道会是很短的一次。我只希望你们对我们在圣诞日所做的弥撒的深刻意义和奥妙之处，能好好地加以考虑和沉思。因为平日间做弥撒时，我们都是在重述**主耶稣**的**受难**与**死亡**；可是在这个圣诞日，我们这样做却是为了庆祝**他**的**诞生**。这样，在我们欢呼**他**为了解救人类而来临的同时，我们也是在再次做献祭，向上帝奉献**他**的**身体**与**血液**，那是为了赎救整个世界的罪恶而牺牲与完成的。也就是在刚刚过去的这个夜晚，有一群天使来到伯利恒牧羊人的面前，对他们说"荣耀归于至高之处的神，在大地上，让平安归于有善良意志的人"；在一年的同一时间里，我们同时庆祝**主耶稣**的**诞生**以及在**十字架**上的**殒亡**。亲爱的信众，**世人**会看到，这是一种奇特的行事方式。因为**世界**上又有谁，会在同一时间内为同一个理由既哀悼又欢呼呢？因为在一般情况下，不是欢乐为哀伤所压倒，便是哀伤为欢乐所挤开；因此只有在我们基督教的神迹里我们才能同时为同一个理由而欢呼与哀悼。不过让我们对着"和平"这个言词想上一想。你们是不是觉得奇怪呢？天使们竟会宣告**平安**，而世界上却不断地为**战争**与对**战争**的恐惧而惊恐不已。你们会不会觉得天使的宣告是错误的，他们的许诺仅仅是一次失望与一次欺骗呢？

现在回忆一下，我们的**主**是怎样谈到**平安**的。**他**对**他**的信众说："我把我的平安留给你们，我把我的平安给予你们。"**他**所指的平安是否如我们所想的那样，是指英国与它的邻邦不打仗，领主们跟国王不争斗，业主盘点着他和平得来的收入，清理壁炉，桌子上放着要与一位好友共享的美酒，这时，他的妻子又在对着孩子们唱着歌呢？**他**的门徒们所遇到的却不是这些事情：他们得长途跋涉，爬山涉水，越过大海，受到酷刑、监禁，感到失望，甚至被杀死，成为殉道者。那么**他**所指的又是什么呢？如果你们要问，那就请回忆**他**也说过："既然这个世界不给你们，那就让我来给你们。"于是，**他**给予了他的门徒们以和平，不过并非世界所给予的那种和平。

请你们再想想另一件事，这可能是你们从来都未曾想过的。我们在享用圣诞大餐时不仅仅是同时在纪念**主耶稣**的生与死；而且就在第二天，我们也是在纪念**他**的第一位殉道者，可敬的司提反[①]。第一位殉道者的纪念日，他的殉难日紧接着基督的诞生，你们认为，这是个偶然事件吗？绝对不是的。正如在同一时间内欢呼与哀悼**主耶稣**的**诞生**与**受难**一样；我们，在较小的规模里，也是在欢呼与哀悼那些殉道者的死亡。我们哀悼，是为了使他们殉道的世界的罪行；我们欢呼，是因为另一个灵魂又参加进了**天国圣徒**的行列，为了**神**的荣耀和人类的解救。

亲爱的信众，我们并不认为殉道者仅仅是一个因为是基督徒而被害的好基督徒；因为如果那样那就只需哀悼便是了。我们并不认为他仅仅是一个提升到**圣者**行列中去的好基督徒；因为那样只需欢呼也就可以了。而且不论我们的哀悼还是我们的欢呼也全都和凡俗世界的不一样。一个基督徒的殉道不是一个偶发事件，因为**圣徒**并不因偶发事件而形成。与成为一名**圣徒**相比，成为一个基督教殉道者就更不是一个人的意志所能造成的了，这绝对不同于人的统治者，那倒是可以由意志力与谋略而产生的。一次殉道，永远都是按照**神**的安排而形成的，是为了表示**他**对人们的爱，警告他们，引导他们，带领他们走回到**他**的路。一次殉道从来都不是人的谋划的结果；因为真正的殉道者是**神**的工具，他将自己的意志融入了**神**的意志，殉道者已不再有为自

[①] 据《新约·使徒行传》第六、七章，他是耶稣死后第一位被人用石块砸死的信徒，因而被认为是基督教的第一位殉道者。

大教堂凶杀案 · 045 ·

己的任何欲念，连当殉道者的荣耀的欲念都不再有。因此，就这样，在地面上**教会**在同一时间里哀悼与欢呼，这一形态是外界的世界所不能理解的；因此在**天国**，**圣者**是最高尚的，因为他们已将自己置于最低下的地位，看他们自己不像我们看他们那样，而是在**神的头脑**的光芒下描绘自己的形象。

神的亲爱的孩子们，我今天和你们谈了过去的殉道者们，要请你们须特别记住我们坎特伯雷的殉道者，圣洁的埃尔菲其大主教；因为在**基督**诞生的日子里，记住**他**所带来的那样的**和平**，这是很应该的；而且因为，亲爱的孩子们，我并不认为我会再向你们布道了；因为很可能在短期内你们将会又有另一位殉道者，这一位恐怕不是过去的那一位了。我很希望你们能将我方才说的那些话记在心里，在别的时候再想起它们。以**圣父**、**圣子**与**圣灵**的名义。阿门。

第 二 部

人　物

三教士

四骑士

大主教托马斯·贝克特

坎特伯雷妇女合唱队

会　众

第一场发生于大主教府邸

第二场发生于大教堂

时间为 1170 年 12 月 29 日

合唱队　可有一只鸟在南边歌唱?

仅仅是只海鸟在叫,它被大风刮向陆方。

可有今年春天来到的迹象?

只见老者死去:纹丝不动,都见不到蹬腿与喘气。

可是白天在变长?

白昼长了却更灰暗,黑夜短了却更凄凉。

空气静止压抑:不过东方在蕴积着一场风暴。

饥饿的乌鸦散栖在田野，警觉性很高；森林里

猫头鹰在演练死亡的嘶哑鸣叫。

这都是一个凄惨春天什么样的迹象？

在东方，风暴在积聚。

怎么，在**主耶稣**出生的日子，圣诞节期间，

竟没有平安降临大地，善意遍布人间？

这世界，和平总是不确定，除非人们遵从**上帝**的善意。

人跟人交战是在向世界挑衅，**主耶稣**之死

又增添了新的伤亡，

冬天必须扫干净世界，否则我们只能有

一个发馊的春天、干旱的夏天接着便是一无所获。

圣诞节到复活节该干什么活儿？

农人三月间该出外犁耕

那同一片土地，鸟雀应该高唱那同一支歌。

树上叶子萌发时，老人与山楂花

都应簇拥到溪流边，空气高爽又清新，

高亢的歌声在窗前颤动，娃娃们在门前打滚，

这时光还能干出什么事来，鸟的欢歌、

树的绿荫，将把什么错事遮盖，什么失误

需由新翻的泥土摒挡？我们等待，春宵一刻

等待的时候却是无比地难挨。

[第一位教士登场，身前打着圣司提反的旗幡。异体文字需用歌声

唱出]

教士一　圣诞日业已过去：今天是圣司提反，第一位殉道者的忌日。

　　公会首领们依然拥坐，证人做伪证反对我。

　　这一天永远让托马斯大主教至为珍惜。

　　他总是跪下高喊：

　　主啊，这罪不该由他们承担。

　　公会首领们依然拥坐。

[可以听到赞颂圣司提反的诗歌]

[第二位教士登场，身前举着一面使徒约翰的旗幡]

教士二　过了圣司提反日：又轮到使徒约翰忌日来临。

　　在跪下祈祷的半当中他张开了他的嘴。

　　这是很早以前的事，我们耳熟能详，

　　我们的眼睛见识过，我们的双手掌握过

　　这一人生的至理；一切我们都看见与听说过

　　这我们可以郑重宣告。

　　在跪下祈祷的半当中。

[可以听到对圣约翰的赞美诗]

大教堂凶杀案　·　049　·

[第三位教士登场，身前举着一面圣英诺森的旗幡]

教士三　圣约翰使徒日业已过去：圣英诺森日却又来临。
从每一个婴儿的口里，哦，主啊。
宛如四方流水、雷霆和竖琴的声音，
他们歌唱，就像那是一支新编的歌。
诸位圣徒的血让他们当作水也似的流洒，
也没有人把他们埋葬。要雪耻呀，哦，上帝。
诸位圣徒的血。在拉玛，能听到一个声音，抽泣声。
那是从婴儿们的口中发出，哦，上帝呀！

[教士们站到一起，旗幡置于他们的身后]

教士一　圣英诺森日过完：又来到圣诞日后的第四天。

三教士　我们用同声赞颂，来度过这神圣的一天。

教士一　是为民众，也是为他自己，他为赎罪献出自己。
为了羔羊他献出自己的生命。

三教士　我们用同声赞颂，来度过这神圣的一天。

教士一　可是今天？

教士二　今天，今天是什么日子？一天都过去一半。

教士一　今天，今天是什么日子？不过是又一天，一年中的黄昏时分。

教士二　今天，今天是什么日子？又一个夜晚，以及又一个黎明。

教士三　这是什么日子，我们知道这一天我们希望什么或是畏惧什么？
每一天都是我们应该有所畏惧或有所希望的日子？一个时刻
跟另一个时刻同样沉重。只有在回顾时，在选择时，
我们才说，正是这一天。关键时刻
永远是此时与此地。即使现在，通过污秽的细节
那永恒的意图才会显现。

[四骑士登场。旗幡撤下]

骑士一　吾等乃国王的仆从。

教士一　久仰久仰。
真是有失迎迓。想必经历了长时间的鞍马劳顿？

骑士一　今天路程还不算远，但事情紧急
得从法国赶来。我们把马好一番狠狠驱策，

大教堂凶杀案　·051·

　　　　　昨日白天上的船，晚上登岸，
　　　　　因为有事要与大主教接洽。

骑士二　事情紧迫异常。

骑士三　国王吩咐速办。

骑士二　钦命岂敢有违。

骑士一　大队人马就在门外。

教士一　你们必知大主教素来好客，
　　　　　我们自己也正准备进餐。
　　　　　善良的大主教会不高兴，
　　　　　倘若我们不先招待你们吃饭
　　　　　完了再办事。就和我们一起吃吧，
　　　　　外面的兄弟也会受到接待。
　　　　　吃完饭再办事。烤猪肉你们可喜欢？

骑士一　还是先办事再吃饭。肉可以
　　　　　先烤起来，稍后再吃不妨。

骑士二　我们必须见大主教。

骑士三　去吧，告诉大主教

我们不需要他的款待，

午餐我们自己总有办法。

骑士一　［向侍从］

去吧，向大人他禀报一下。

骑士四　你们还要我们等待多久？

［托马斯登场］

托马斯　［向众教士］

虽然早就料到，我们等待中的

那一时刻会在料想不到的

时辰到来。它却跟我们需要

专心处理的其他急事赶在了一起。

在我的桌上你们可以看到

文件都整理好了，该签字的也签了。

［向众骑士］

欢迎你们，不管你们要办的事是什么。

你们说，是国王派你们来的？

骑士一　自然是国王亲自派来的。

我们必须和你单独说话。

托马斯　［向众教士］

你们暂且回避一下。

好了，是什么事情呢？

骑士一　事情是这样的。

另三骑士　你是个反叛国王的大主教；背叛了国王与国家的法律；

你是国王栽培的大主教；他让你处在你的位置上执行他的命令。

你是他的仆人，他的工具，他的打杂工，

你背负着他的恩典，

你的荣耀全得自于他；从他那里你有了权杖、印玺与权戒。

你本是个小商人的儿子：出生在切普赛德①，

是在后楼梯上称王称霸的小流氓；

是向国王巴结的小爬虫；吸血和傲慢让此人大腹便便。

从伦敦的脏土里爬出来，

往上攀登活像谁衬衫上的一只虱子，

你这人坑蒙拐骗，无恶不作；违背了誓言也出卖了国君。

托马斯　这远非事实。

---

① 此词字面上即含"穷人区"之意。

在我接受了戒指之后与之前

我始终是国王的忠实臣民。

除去圣职上的事务外,我悉听指挥,

能算是国土上他最忠心的家臣。

骑士一　除去你的圣职事务!让你的圣职保全①你吧——

不过我猜想还不见得能办到。

你的意思只能是保住勃勃野心,

保住你的自大、嫉妒与怨气冲天。

骑士二　保住你的粗野傲慢与贪婪。

可想我们替你向上帝祈祷,以满足你的需要?

骑士三　不错,我们乐于效劳!

骑士一　不错,我们乐于效劳!

另三骑士　不错,我们愿祈祷上帝让你功成名就!

托马斯　可是,先生们,你们说

你们的事情紧急,莫非

---

① 前面托马斯所用的词是"saving",此词含意双关,既可作"除去"解,亦可作"拯救""保全"解。在这里骑士利用了语言上的特点。

光是来指责和诅咒？

骑士一　那只是因为
　　作为忠诚的子民，我们感到气愤。

托马斯　忠诚？向谁？

骑士一　向着国王！

骑士二　向着国王！

骑士三　向着国王！

三骑士　上帝保佑他！

托马斯　那么，请把你们忠诚的新外衣穿得
　　小心些，千万别弄脏与撕破。
　　你们可还有别的话要说？

骑士一　那就是国王的命令。
　　要不要此刻就说？

骑士二　别再耽搁，

免得又让老狐狸溜掉。

托马斯　你需要说的

是国王的命令——如果真是实情——

那就应该当众宣布。倘若是对我做出控告，

也该让我在公众面前有机会反驳。

骑士一　不！就在这里说，此刻就说！

　　　　［他们开始攻击他，但是教士们与随从回来，平和地用自己的身子阻隔开他们］

托马斯　此时与此地！

骑士一　你早期的劣迹我且略过不提。

那些已经臭名昭著。可是在纷争

结束后，在法国，你被恢复

先前的权益，你又怎样显示你的感激？

你从英国出逃，既未遭流放

又未受到威胁，你好好听着；一心想

在英属法兰西领地上挑起纷争。

你在海外播种不和，诋毁国王

在法兰西国王和教皇的面前，

让他蒙上了不白之冤。

骑士二　可是国王，陛下他慈悲为怀，
　　　　由于你那些朋友的恳求，格外通融，
　　　　订立了一项和平协议，不再计较那些纷争
　　　　派你回到你的教区，一切如你之所愿。

骑士三　将你忤逆的史实暂且掩埋，
　　　　恢复了你的名誉和财产。
　　　　一切都满足了你的要求：
　　　　可是你却如何，我再问一遍，表示你的感激？

骑士一　谁拥戴年轻王子[①]为王你就剥夺他们的权力，
　　　　否认王子戴上冠冕的合法性。

骑士二　用烦琐的条条规规来加以束缚。

骑士三　用你权力范围内的种种办法加以阻挠
　　　　那些国王的忠实臣仆，每当他们中的哪一位
　　　　于陛下不在时，替他出力，捍卫国家的利益。

骑士一　这一桩桩一件件岂不都是事实。

---

① 指亨利二世 1770 年立其子亨利为王，共理朝政。加冕礼由约克大主教主持。

你若是同意去国王面前回答

那你就说。派我们来正是为了这一点。

托马斯　我从未希望过

不让国王的儿子为王，或是要削弱

他的荣耀与权力。为什么他却让

我的人民没有我，将我与自己的人民分隔开，

让我坐在坎特伯雷，一个人孤零零？

我唯愿他拥有三顶王冠，而不只是一顶，

至于那些主教，加之于他们的

并非我的束缚，能除去的也不该是我。

让他们找教皇去。谴责他们的是教皇本人。

骑士一　不过免除他们职务却经过了你的手。

骑士二　你使手续变得天衣无缝。

骑士三　得免除对他们的约束。

骑士一　得免除对他们的约束。

托马斯　我不否认

这件事曾经我手。但我无权

能为教皇要羁束的人松绑。
何不让他们径直去教皇面前，面向他，把他们
对我的不屑，对教会的不尊重尽情倾诉。

骑士一　就算实情确是这样，但钦命在此：
令你与你的部属撤离此地。

托马斯　如果这真是国王的命令，我可要斗胆
陈言：我的人民缺少我的亲自关切
已有七年；那是悲惨痛苦的七年。
七年里我滞留海外充当求异邦施舍的一个
化缘者：七年的时间不能算短。
这段时间我怎么也不能找补回来。
再也不可能，你再无法使人相信
能让大海把牧守和他的羊群分隔开。

骑士一　国王的公正，国王的尊严，
全都不被你看在眼里；
你这狂妄的疯子，什么都阻挡不住
你对国王臣仆和教士们的攻击。

托马斯　轻慢国王的并不是我，
因为还有事物比我或国王更为崇高。

你们反对的不是我贝克特,
来自切普赛德的穷小子贝克特。
宣告末日的并非贝克特,
而是基督教会的律法,是罗马的裁决。

骑士一 传教的,你说的话已经死不足惜。

骑士二 传教的,你说的话已有资格挨上我的一刀。

骑士三 传教的,你说的话早就够得上叛国大逆罪。

三骑士 吃教会饭的!叛贼,你的渎职罪早已是板上钉钉。

托马斯 我的功罪自会请罗马裁定。
不过假如你们杀了我,我将从坟墓里升起
在上帝的宝座前陈述我的情由。

[退场]

骑士四 教士!修士!还有侍从!拿下他,捉住他,拦住他,
别让此人跑掉,以国王的名义。

骑士一 不然就用你们的肉身来抵命。

骑士二　废话不必再说。

四骑士　我们为国王执法而来,我们带着刀剑前来。

　　[退场]

合唱队　我嗅闻到了他们,死亡的携带者,隐隐的迹象
　　使感觉变得灵敏;我曾听到
　　夜里吹笛般的声音,笛声与猫头鹰,在正午见到
　　有鳞的羽翼掠过,大得可笑,我尝到过
　　勺子里腐肉的味道。暝色中我感觉到
　　大地在一起一伏,不安,反常。我还听到
　　　发出怪声的野物像是在狂笑:豺狼、公驴和寒鸦的声音;耗子和
　　　袋鼬来回蹿动的窸窣声;还有潜鸟的怪笑,那是一种疯狂的
　　　鸟。我还见到过
　　灰色的脖颈在扭动,老鼠的尾巴在打转,当时天还朦胧未亮,
　　　我吃过
　　仍然活着的软体动物,一股海底齁咸的盐味;我尝过
　　生猛的龙虾、螃蟹、牡蛎,还有海螺与明虾;它们在我肚子里存
　　　活和产卵,天不亮我就得爬起来拉稀。我闻到过
　　玫瑰死亡的臭味,蜀葵、香豌豆、风信子、报春花和野樱草的腐
　　　烂味。我见过

动物的躯干和犄角，獠牙和蹄子，长在稀奇古怪的地方；
我曾躺在海底，随着银莲花的呼吸节奏而呼吸，随着海绵的大口
　　吞咽而一起吞咽。我曾躺在泥地上讥笑蚯蚓动作迟缓。在空中
我曾追随节节上升的风筝，并和它一同坠落，
　　把鹧鹕吓得不轻。我抚摸过
甲虫的触须、蝮蛇的鳞片、大象勉强能牵动的几乎没有感觉的厚
　　皮，鱼儿滑溜溜的腹侧。我闻到过
剩菜的馊味、便所里点燃的香料、香料里的臭水沟味、林中小径
　　里的香皂味、林中小径里浓得让人作呕的甜香味，此时大地在
　　睡梦中呼吸起伏。我见到过
光环一圈圈旋转着降落下来，引起
猿猴的惊恐。难道我还会不知道，不知道
什么事情会要来到？它早已来到，在厨房里，在过道里，
在马厩的巷道里和市场的牛棚里
在我们的血管里、肚肠里，也在我们的头颅里
还在君王们的谋略中
在权势集团的折冲里。
但凡织入命运的织机中的
织入王公会议的布局里的
也会织进我们的血管里、脑子里，
一如活生生的虫子编就的一张网
织入了坎特伯雷妇女的内脏。

我已嗅出他们的气味,那些带来死亡的人;要采取行动
此刻为时已晚,想悔恨却时间尚早。
对于那些最终同意屈从的人
除去羞愧地认输,做什么都已无用。
我也同意过,大主教大人,也曾经同意过。
现在只感到没着没落,闷闷不乐,备受屈辱,
顺从了自然的精神错觉,
服从了动物性的精神力量,
听凭主宰,由自我毁灭的欲念,
由最后那彻底的精神上的绝对死亡
以及自我放纵与羞辱的最终狂喜,
哦,大主教大人,哦,托马斯大主教,原宥我们,
原谅我们,为我们祈祷以便让我们为您祈祷,
让我们脱离耻辱。

[托马斯登场]

托马斯 安静,你们的思想、幻觉也都得宁息。
事情定会降临到你们身上,你们必须接受。
这是永恒负担中你们的那一份,
是永恒的光辉。这是一个时刻,
但需知还有别的时刻
会以突然让人疼痛的快感猛袭你们,这就是

上帝光辉形象的全盘计划功德圆满的时刻。
别的事,像为家务事忙忙乱乱,你们会忘记,
这些你们倒能记得,在炉边唠唠叨叨时,
年纪与忘性使回忆变得更为甜蜜
就像一个说了无数遍的梦,
说一遍就改动一遍。让人觉得不真实。
人类本来无法忍受太多的真实。

[众教士登场]

众教士 [严肃地]我的大人。你千万不能停留在这里。去大教堂吧。
　　从回廊穿过去。再没有时间可以浪费了。他们会带着武器回来
　　的。去祭台吧,上祭台那里去吧。

托马斯 我一生中,他们这些脚步,都在逼近。我一生
　　都在等待。只是在我够资格时死亡才会到来,
　　如果我已修炼到家,那也就没有什么危险可言。
　　我无非就是使我的意愿得以充分实现。

众教士 我的大人,他们来了。马上就会
　　破门而入。
　　您会受害的。到祭台这儿来。
　　要快着点儿,我的大人。别再停在这儿说话。这可不行。

我们怎样办呢，我的大人，如果您被杀害；
　　我们将会怎样？

托马斯　安静！不要喧闹！记住你们身在何处，何事又正在发生；
　　要在此处取走生命的只是我的这一条，
　　而且我也并不危险：只是临近死灭。

众教士　我的大人，去做晚祷！晚祷绝对不能少了你。
　　那神圣的地方不能没有你。去做晚祷。
　　进大教堂去！

托马斯　你们去做晚祷，祈祷时请记得我。
　　他们在这里会找到牧人；羊群不致受害。
　　我只感到一阵至福的震颤，上天的一个微笑，一声耳语，
　　我再不会被天国拒绝；一切事物
　　都在朝快乐的至善境界行进。

众教士　抓住他！推他去！拉走他！

托马斯　松开你们的手！

众教士　去做晚祷！快走。

[他们将他拉走。此时合唱队发言，场景移至大教堂]

合唱队 [远处有一合唱队在用拉丁语唱末日经]
让手没有感觉，把眼睑擦干
让恐惧平息，但总会有更多恐惧
多于肚子在撕裂的时候。

让恐惧平息，但总会有更多恐惧
多于手指被扭曲的时候
多于头颅被劈裂的时候。

多于在过道跌跤时，
多于在门口出现阴影时，
多于大厅内突发狂怒时。

地狱的代理人，那也是人类，消失不见，他们缩小化解
成为风中之尘，被遗忘，不再记得；这里只有
上帝沉默的仆人，死神的那张苍白扁平的脸，
在**审判者死神**那张脸的后面
在**审判者空无**的后面，更为可怖
比地狱里活生生的图形；
空虚，缺失，与**上帝**疏离；
无功效之行的恐怖，此行通向空旷的土地

那不是土地，只是空虚、缺失，是**空无**，
在那里曾是人的那种生物，不再能把思想
转向分心、空想，逃入梦幻、装假，
在这里灵魂不再受骗，因为没有物体，没有声调，
没有颜色，没有图形可以分心，可以不让灵魂
见到自己，邪恶地永久连结，虚无连结着虚无，
不是我们称为死亡之物，而是死亡之外的非死亡，
我们畏惧，我们畏惧。到那时谁将为我祈求，
谁将为我说情，在我最需要的时候？

死在树上，我的**救世主**，
别让**您**的劳苦付诸流水；
帮助我，**主**啊，在我最后一次畏惧之时。

我是尘土，正趋于归回尘土，
从那临近中的最后灭绝，
帮助我，**主**啊，因为死亡来近。

[大教堂里。托马斯与众教士]

众教士　插上门闩。插上门闩。
　　　　门闩插好了。
　　　　我们安全了。我们安全了。

他们不敢硬闯。

他们撞不开门。没有这么大的力量。

我们安全了。我们安全了。

托马斯　将门闩抽下！让大门洞开！

我不愿把祈祷的处所，**基督**的会堂，

这圣殿，变成一座碉堡。

教堂保护自己，应该以它的方式，不靠

橡木与石头；石头橡木会风化朽烂，

难以持久，可是教堂却将永存。

教堂应当开放，即使是对我们的敌人。打开大门。

众教士　我的大人！这些可不是人，不是像人那样前来，而是

像发疯的野兽。他们来时并不像人，人会

尊重圣殿，在**基督**遗体前跪下，

他们却是像野兽。你抵挡豺狼虎豹，

会把大门闩上，

那么岂不更该抵挡

有邪恶人类灵魂的野兽，抵挡自甘堕落为

野兽的恶人。我的大人！我的大人！

托马斯　你们以为我鲁莽、不顾一切而且疯疯癫癫。

你们单凭后果，像世人通常那样，

来判断一件事究竟是好还是坏。

你们尊重事实。因为对于每个生命、每个行动

后果的吉与凶确是能显现出来。

但是许多事情的结果有时会有延误,

因此最终是好还是坏会令人不解。

现在我的死还不到将广为人知的时候;

也仍然未到我做出决定的时候,

(如果你们将这称之为做出决定)

到那时我整个人将给予全部的同意。

我把我的生命

交付给**上帝的律法**而不是**人间的法律**。

卸下门闩!卸下门闩!

我们这里不以格斗、战术或抵抗来论成败,

不跟这些人形的猛兽格斗。我们和兽类斗过

而且也将其征服。我们此刻的征服

只需倚仗忍耐。这样的胜利更易取得。

此刻是**十字架**战胜的时候,现在

让大门洞开!我命令这样做。**把门打开!**

　　　　[门开。骑士们登场,处于微醺状态]

教士们　往这边走,我的大人!要快。走上楼梯。到屋顶去。进地下室去。快。来呀。大家使劲拉他。

众骑士　贝克特在哪里，这国王的叛贼？

　　　　贝克特在哪里，多管闲事的修士？

　　但以理你快下狮子坑，

　　　　猛兽们正想用你来充饥。

　　　　　　．

　　你岂不是想用羔羊的鲜血浇淋自己？

　　　　你岂不是身上标志着猛兽的标记？

　　但以理你快下狮子坑，

　　　　去跟猛兽们共享盛宴。

　　切普赛德的小混混贝克特在哪里？

　　　　不忠不信的修士贝克特在哪里？

　　但以理你快下狮子坑，

　　　　去和猛兽们共享盛宴。

托马斯　正直的人就像

　　一头勇猛的狮子，自当无所畏惧。

　　我在这里。

　　并非国王的叛贼。我是一介修士，

　　一个基督徒，因基督的鲜血而得以拯救，

　　也准备以我的鲜血来接受苦难。

　　血的迹象，永远是

教会的象征。以血还血。
基督献出血使我得到生命，
我献出血以补偿**他**的死亡，
正是为了**他**的死我才死亡。

骑士一 向所有被你逐出教会的人，宣布开除无效。

骑士二 把你僭夺到手的权力，全部交还。

骑士三 把你窃取挪用的金钱，全都退还国王。

骑士四 把你桀骜不驯的臭架子，统统给我们收起来。

托马斯 为我的**主**，我现在准备走向死亡，
使**他**的教会得享自由平安。
想把我怎样，悉听尊便，其实对你们是羞辱与损伤；
但是以**上帝**之名，绝不能殃及
我的部众，不管是百姓还是修士。
这样做我绝对不准。

众骑士 叛贼！叛贼！叛贼！

托马斯 你，雷金纳德，你才是三重身份的叛贼：

作为我的家臣，你背叛了我，

我是你精神上的导师，你背叛了我，

你亵渎了**主**的教会，你背叛了**主**。

骑士一 对于一个变节者我不欠任何情分，

即使有所亏欠我也会一并结清。

托马斯 此刻，向着**全能的上帝**，向着无比圣洁的玛利亚，向着神圣的施洗者约翰，向着神圣的使徒彼得和保罗，向着神圣的殉道者德尼，向着所有的圣徒，我陈述我的以及教会的主张。

[众骑士杀死他时，我们听到了合唱队的声音]

合唱队 滤净空气！澄明天空！换来清风！把石头逐块分开，冲洗干净。

土地污秽，水也污秽，我们的野兽和我们自己都为血所玷污。

一阵血雨蒙蔽住我的眼睛。英格兰在哪里？肯特郡在哪里？坎特伯雷又在哪里？

哦，悠远、悠远的，悠远的好久之前；我漫游在一片枯萎的树枝之间：倘若我折断树枝，它们便会流血；我漫游在一片干石块的地里：倘若我触碰它们，它们便会流血。

我如何、如何才能回去，回到温馨宁静的季节？

黑夜紧挨着我们，遏止住太阳，阻挡住季节，不让白天来到，不

大教堂凶杀案 · 073 ·

让春天来到。

我可还能重见白天与它的寻常事物？可还能透过一重血雨的帘幕，

　　见到处处涂抹了鲜血的一切？

我们以前不希望任何事情发生，

私人的灾难我们早已司空见惯，

还有个人的损失，公众的不幸，

我们活着，凑凑合合地生存着；

夜间的恐惧终止于白天的行动，

白天的恐惧终止于噩梦；

可是在市场上聊天，手按在扫把上，

夜间撮拢起炉灰，

天亮时往火上添加燃料，

这些行动标志着我们受苦的限度。

每一种恐怖都有它确定的意义，

每一种忧伤也都有个尽头：

在生活中没有时间无止无休地哀伤，

可是这件事，的确是超脱了生活，超脱了时间，

是邪恶与冤错一瞬时的永恒纠结。

我们被污染，为一种我们所洗不净的污秽，和超自然的

　　邪恶纠缠在了一起，

被亵渎的不仅是我们，不是这所房子，不是这座城市，

而是这个世界彻底地受到污染。

滤清空气！澄明天空！换来清风！把石头逐块分开，把皮肤从臂

膀上撕下，把肌肉从骨骼上剥离，清洗它们。清洗石块，清洗骨骼，清洗脑浆，清洗灵魂，清洗它们，清洗它们！

[众骑士，在完成杀戮后，走向舞台前方，向观众发言]

骑士一　我们想请大家为我们将注意力集中片刻。我们知道，也许列位对我们的行为会颇不以为然。列位是英国人，主张的是公平竞争：当你们见到一个人受到四个人的袭击时，你们的同情自然都会倾向处于劣势的一方。我尊重这样的感情，这种感情我自己也同样有。不过，我要向列位的荣誉感发出呼吁。列位是英国人，因此，在未听取一案双造的意见之前，决不会对任何人的是与非做出判断。这是与我们形成已久的陪审员裁定的原则相一致的。其实我这个人并不适合向列位陈述我们这一方的案情。我擅于行动却拙于辞令。正因如此，我将暂时告退，而要向列位介绍另外的几名发言人，他们各有专长，也各有自己的不同视角，自会将这一极其复杂的问题的实质向列位陈述清楚。我想请我们当中年齿最高的一位先说，他也是我乡间的邻里：现在有请威廉·德·特拉西男爵。

骑士三　我的老友雷金纳德·费兹·厄尔塞想使列位相信我是个老练的演说家，这倒使本人羞愧有加。不过有一点我倒确实是骨鲠在喉，不吐不快。那就是：我们的所作所为，且不论列位对之会有何等样的看法，与我等的个人利益，却是绝无丝毫的瓜葛。[其余几位骑士说:"听听!听听!"] 我们不会从这件事里得到任何好处。我们失去的将远远超过我们所能得到的。我们只是将国家的利益置于一切之上的四个普普通通的英国人。我敢说我们方才进来时没能给你们留下太好的印象。其实,我们早就清楚我们承接下的绝对是一件扎手的活儿;我只代表我自己说话,我确实是喝得稍稍多了些——平时我可不是个见了酒不要命的人——无非是要为自己壮壮胆。因为说到底,下手去干掉一位大主教还是很难让人接受的,特别是对于一个在良好的教会传统下成长起来的人。因此,如果我们显得有一点粗野,你们得理解何以会是如此;就我个人来说,我还是觉得十分难过的。我们明白这是我们的任务,我们怎么说还是必须去努力完成它呀。而且,正如我方才所说的,我们绝对不会从这件事里得到一个便士。我们完全清楚以后事情将往什么方向发展。亨利国王——愿上帝保佑他——将不得不说,从国家的利益考虑,他从来都无意让这样的事情发生;于是,便会有好一顿的争吵,最好的结果就是我们必须得在国外度过我们的余生。而且,即使在头脑清楚的人看明白大主教必须得被清除以免挡道时——就我个人来说,我对他怀有很高的敬意——你们必定注意到,他在最后的那一场戏里是表演得多么的出色——他是不会让我们有哪怕是一点点正面人物的色彩的。不,我们已经葬送了自己,这是一点也不会有错的。因此,正如我一开始就说了的那样,至少要在这一点上对我们加以肯定,那就是这件事跟我们的私人利益毫不相干。我想这就是我想说的一切了。

骑士一　我想我们都会同意，威廉·德·特拉西的讲述相当精彩，而且还提出了一个至为重要的论点。论点的核心就是：我们在这里完全没有获得任何利益。不过我们的行为还需要有更多的论据来加以支持；因此务请列位再听听我们中另一些发言人的讲述。下一位我要推荐的是休·德·莫维尔，对于国家治理方略与宪法，他的造诣很深。现在有请休·德·莫维尔爵士。

骑士二　本人想首先对我们的领袖，雷金纳德·费兹·厄尔塞提出的很好的一个论点再稍稍做些补充。他说，你们是英国人，因此你们的同情永远都偏向于弱势的一方。这正是英国人的公平竞争精神嘛。现在，可尊敬的大主教——其优良品质素来为我极其崇敬——已完全被置于弱势的一方了。不过实际情况究竟是否如此呢？我想吁请的不是你们的情感而是你们的理智。你们是头脑清醒很有理性的人，这我看得出来，是不会为激昂慷慨、哗众取宠的论调轻易骗过的。我因此想请你们冷静地想一想：大主教的目的是什么？而国王的目的又是什么？从对这些问题的回答中应当不难窥见问题的关键所在。

　　在国王的这一方面，他的目的完全是始终如一的。在已故的马蒂尔达王后与不得意的篡位者斯蒂芬掌权的时候，我们的这个王国是四分五裂的。我们的国王看出至关紧要的一件事就是要恢复秩序：要羁勒住地方政府不让它们超越职权，那种权力往往具有自私的而且经常带有煽动性的犯上目的，改革法律制度也是国王念兹在兹的一件大事。他因此希望贝克特，后者当时已经证明自己是一位极为干练的行政管理人员——此点无人能加以否认——能将枢密官的和大主教的职能予以合并。如果贝克特能对国王的意愿心领神会，那我们应该早就有一个几乎是理想的国家了：一个在中央政府领导下政教合一的国家。我与贝克特素来熟稔，有过各种官方的关系；我必须说，我从来也不知道有什么人具备如此充分良好的条件，足以胜任最高的行政职务。但是发生了什么情况呢？就在贝克特于国王的申请下被任命为大主教的那一刻，他竟辞去了枢密官的职务，变得比教士更像教士，明目张胆、咄咄逼人地过着一种苦修者的生活方式，他当即认定，存在着一种比国王的秩序更高一等的秩序，作为国王的臣仆，他多年来即在努力建立这种秩序；而且认为——理由只有上帝才知道——两种秩序是无法并存的。

你们定能同意我的意见，认为一位大主教这样的干扰对我们这种人的本能就是一种触犯。到目前为止，我知道列位对我的看法是赞许的，这从列位的面部表情上可以看出来。你们持有不同意见的仅仅是我们为了匡正时弊而不得不采取的那种措施。对于采用暴力的做法，再没有人会比我们更感遗憾了。不幸的是，有时候，为获得社会正义，除了施用暴力，还真的别无他法呢。在别的时候，你们可以通过国会投票的方式谴责大主教，正规地以叛国者的罪名将他处决，这样就不会再让任何人担上杀人凶手的骂名了。索性时间更往后一些，恐怕连采取这样温和的措施都无必要了。不过，倘若此刻你们面临一个难题，要将桀骜不驯的教会置于国家福利的正当御领之下,这时,请记住,采取第一步措施的是我们。是我们,充任了你们所赞同的国家治理方式的工具。我们是为了你们的利益而出力;我们理应得到你们的赞许;如果说在做的过程中确有一些不妥之处,那么你们也理当与我们共同承担。

骑士一 莫维尔给我们提供了大量值得思考的材料。在我看来,对于跟得上他那异常深刻的思路的人,他已经把问题说得很透了。不过我们这里还有一位有话要说的人,我想他必定有从另一个角度看的观点要表述。倘若还有任何人仍然感到有些地方不能令自己信服,我想出身自虔信教会因而声名显赫之家的理查德·布利托,定然能起到良好的作用。现在有请理查德·布利托。

骑士四 在我之前发言的几位先生,更不必提我们的领袖雷金纳德·费兹·厄尔塞了,都已经把问题说得非常切中要害了。对于他们各具特色的论点,我其实是再没什么可以补充的。我必须要说的也许可以用一个问句的形式加以表现,那就是:谁杀死了大主教?由于你们都是这一令人惋惜的场景的目击者,对于我这样的说法,你们也许会感到诧异。不过,考虑到事情的发展过程,我觉得仍有必要,哪怕是只用三言两语,把上一位发言者所涉及的历史背景再做一番复述。在已故的大主教担任枢密大臣时,在国王的领导下,再没有另外一个人比他,对于国家的融合,做出过更大的贡献,使国家能够团结、安定、井井有序、和谐与公正了，而这正是国家当时至为需要的。但是自从他当了大主教的那一天起，他彻底改变了自己的政策；他显示出自己对国家的命运漠不关心，而且，事实上，成了一个利己主义的妖魔。这样的利己主义在他身上得到恶性发展，直到后来他已经完完全全走火入魔。我掌握有不可否认的证据，能证明在他离开法国之前，曾当着众多证人的面，毫不隐讳地预言说，他在世的时日已经不长，他将在英国被人杀害。他用尽了种种挑衅的手段；从他一步接着一步的行为，人们可以做出的结论只能是，他已经下定决心要走作为一个殉道者而死去的这条路。其实即使到最后关头，他原本也是可以把理智给予我们的：你们看到了他怎样回避了我们的问题。而且当他有意激怒我们使得我们忍无可忍时，他还是很容易便能逃离；他完全可以躲开较长时间，以使我们的正义的怒火能够平息下来。但那正是他所不希望发生的；当我们处在怒不可遏的当口上，他却坚持要把大门打开。还需要我再说什么呢？我觉得，在这些事实摆到了你们面前的时候，你们肯定会毫不犹豫地做出是在头脑不清的状态下自杀这样的裁决。对于这么一位总体上说还能算是伟大的人，那就是你们所能做出的唯一的宽大为怀的裁决了。

骑士一 谢谢你，布利托，我认为再也没有什么需要说的了；另外我想向列位做个建议，请大家静悄悄分散地打道回府。务请多加小心别三五成群在街角扎堆闲逛，千万不要为激起公众的不理智行动而提供任何借口。

[众骑士退场]

教士一　哦,父亲,父亲,离开了我们,消失在我们的面前,
我们怎么才能找到你,你会从哪个遥远的地方
俯视我们?如今你去到天国,
谁来引导我们,保护我们,指点我们?
要走过什么样的途径,经历何等样的艰难险阻
我们才能再重见你的光辉形象?何时才能
继承你的力量?教会将变得没有生气,
孤单,受亵渎,荒凉,异教徒将会在废墟上重建殿宇,
他们的世界里没有上帝。这我看得到。我看得到。

教士三　不会这样。因为教会能为此事而愈益坚强。
在逆境中取得胜利。迫害只会使教会
愈加坚强:而且崇高,因为有人愿意为它殉难。
去吧,软弱悲哀的人,迷途与失去方向的灵魂,你们
　在地上与天上都无家可归。
到那里去:为夕阳染红了最后一块灰岩的
布列塔尼,或是赫格里斯之门。
去荒无人烟的海岸边遭遇船难
那里黑人会把基督徒扣为人质;
到为冰山禁锢的北海去

那里冰冷的空气使手足麻木，脑子无法思想；

到荒漠烈日下去寻找一个绿洲，

去和异教的萨拉森人结为联盟，

跟他一起举行他们不洁的宗教仪式，力图在

那人欲横流的朝廷上忘掉自己，

在椰枣树旁的溪流边忘掉自己；

或是在阿基坦①坐着啃啮自己的指甲。

在你头颅内小小的痛域里

你将仍然沿着一个圆形没完没了地兜圈子

苦思冥想，向自己证明你没有做错，

编织一个幻想，编织时你面对的是一团乱麻，

你在假想的地狱里永无穷尽地漫步

那从来就不是一种信仰：以上就是你在世上的命运

犯不着我们再费心去思量。

教士一　哦，我的大人

你新状态中的辉煌我们还无从谛见，

请你怜悯宽容，为我们祈祷。

教士二　此刻在**主上帝**的俯视下

请与你之前所有的圣者、殉道者一起，

把我们铭记在心。

---

① 在法国西南部，该处曾受英王亨利二世管辖。

教士三 让我们的感激上达

主上帝，他赐给我们一位新的坎特伯雷圣者。

合唱队 ［与此同时，远处有合唱队在用拉丁语诵唱《感恩赞》］

我们赞美**您**，哦，**上帝**，因为**您**的光辉普照着地上所有的生物，

不论是下雪还是下雨，刮着和风还是大雷雨；对于所有

您的创造物，包括猎者与被猎者。

因为一切存在的事物都仅为**您**所看见、只以**您**所知的形式出现，

一切事物仅仅存在于**您**的光中，**您**的光辉甚至存在于否认**您**的

事物里；黑暗中也照射着光的辉煌。

否认**您**的那些人也无法否认，倘若**您**不存在；他们的否认将永不

完整，因为如果是这样，他们亦将不存在。

他们证实**您**活生生的存在；万物都证实**您**的存在；空中的鸟，

包括鹰隼与燕雀；地上的动物，

包括豺狼与羔羊；泥土中的蠕虫和肠胃里的蛔虫。

正是您使人们认识了**您**，因此人哪，必须更自觉地赞颂**您**，以思

想、行动与事迹。

即使当手按着扫把，背弯着生火，膝盖屈着清理炉膛，我们，坎

特伯雷的清洁女工，

脊背让活儿压得直不起来，膝盖在罪恶重负下弯曲，双手因恐惧

而遮住面孔，脑袋因忧伤而低垂，

即使是那样，在我们心中，季节的声音仍然在赞美**您**，在冬天的

大教堂凶杀案 · 083 ·

呼啸声中，春天的歌唱声中，夏天的嗡嗡声里，还有野兽、鸟
雀的嗥叫和啼啭声里。

我们感谢**您**为了**您**血的悲悯，为了**您**血的救赎。因为

您的那些殉道者和圣徒的血

将使大地变得丰饶，将创造出神圣的处所。

因为一处地方只要有一位圣徒生活过，一位殉道者把自己的血为

基督的血而献出过，

那里就是圣地，圣洁将不再与它分离

纵然军队会在上面践踏，纵然观光者手执导游图

会来东张张西望望：

从西海吞噬着艾欧纳①海岸之处，

一直到沙漠中就义的处所，折断的帝国廊柱边人们记不准确的祈
祷过的角落，

从这样的土地上春天一次又一次永远使大地更新

虽然永远有人否认。因此，哦，**上帝**，我们感谢您

是**您**将这样的祝福赐给坎特伯雷。

原谅我们，哦，**主**啊，我们承认自己属于普通人，

是关上门偎在火边的男男女女；

我们畏惧**上帝**的赐福，畏惧**上帝**之夜的孤独，还有

迫不得已的屈服，牵连而至的匮乏：

与对人的不公正的畏惧相比，我们更加害怕**上帝**的公正；

我们害怕窗外的手，茅草屋顶上的一把火，小酒馆里的拳头，

---

① 苏格兰一小岛，上有基督教的圣迹。

运河边的推搡,

但我们更加畏惧**上帝**的垂爱。

我们承认我们曾非法侵入,我们软弱,我们失误;我们承认

我们承袭着世界的罪恶;殉道者的血、圣徒的痛苦里

也都有我们的罪过。

主啊,怜悯我们。

基督啊,怜悯我们。

主啊,怜悯我们。

圣洁的托马斯啊,为我们祈祷祝福。

老政治家[*]

袁伟 译

---

[*]《老政治家》译文最早收入上海译文出版社2012年出版的《艾略特文集》戏剧卷《大教堂凶杀案》一书中。此译文为2023年修订本。

致 爱 妻

因为她，才有那跳动的快乐
——在我们醒着时把我的感觉激励；
才有那韵律——调节我们睡眠时的静谧，
　　相爱之人的

同呼吸……
无需言语，彼此思想同样的事
无需意义，彼此唠叨同样的话语：

我把这书献给你，用字用词
报答你给我的于万一。
词语所说话中意，唯有些，意更深
　　只对我和你。

人　物

莫妮卡·克拉夫顿-费里

查尔斯·黑明顿

兰贝特

克拉夫顿勋爵

弗雷德里克·戈麦斯

皮戈特夫人

卡格希尔夫人

迈克尔·克拉夫顿-费里

第一幕

伦敦。克拉夫顿勋爵宅邸客厅。下午四时

第二幕

巴基利会所露台。早晨

第三幕

背景同第二幕。翌日傍晚

第 一 幕

伦敦。克拉夫顿勋爵宅邸客厅。下午四时。

［厅堂里传来说话声］

查尔斯　今天你爸在家？

莫妮卡　　　　　　喝茶的时候，你能见到他。

查尔斯　可要是不能和你独处，

　　　　留下喝茶实在无趣。

［莫妮卡和查尔斯抱着大包小包上］

莫妮卡　可你**必须**留下喝茶。你说能把整个下午

　　　　都给我，意思不言而喻了。

查尔斯　可午饭桌上，我有话没法说啊……

莫妮卡　　　　　　　　　　　那是你的问题。

　　　　你应该带我去别的馆子，而不是那一家。

　　　　那里老板和跑堂好像都是你哥们儿。

查尔斯　也就这么一个地方，我还有些名头，

　　　　人家给我面子。你和我一块儿，

吃饭必须圆满。

莫妮卡　　　　　饭是吃圆满了。

可我也知道男人的德行——喜欢显摆。

想叫跑堂的都围着你打转，这就是

男人的虚荣。是要提醒姑娘家，

还有别人和他一块儿过，她可不是唯一。

查尔斯　你就拿我打趣吧。可一个男人

要是把你带到谁也不认识他的地方，

跑堂全像在回避他的目光，那他才叫一个傻。

莫妮卡　跑题了……

查尔斯　　　　　你让**我**跑题了……

我是想解释……

莫妮卡　　　　　也就是留下来喝茶的事。

你实际也答应了。

查尔斯　你不知道我多郁闷。

星期一你要离开伦敦，和你爸一起：

我想法把整个下午都空出来，

明摆着以为……

莫妮卡　　　　　你应该留下喝茶。

查尔斯　我说整个下午都有空，

意思是你要把整个下午都给**我**。

餐馆里我有话没法说，

结果你就拉我去逛街……

莫妮卡　要是你不喜欢和我逛街……

查尔斯　　　　　　　　　　我当然喜欢。

可逛着街，怎么**说事**呢？

唯一可做的就一样：猜猜你想买啥，

再建议你买下。

莫妮卡　　　　　　可留下喝茶又何妨？

查尔斯　好吧，我留下喝茶。

但你心里明白，我和你说不上话。

这一点你清楚。你爸退休了，

天天都在家。而你们就要离开伦敦。

再有呢，就你爸那样，

别的男人谁想和你独处一会儿——门都没有。

我还没说上两句，他就踢踏踢踏进来了……

莫妮卡　你说的可远远超出了两句。

还有，我爸走路可不踢踏。

你一点儿也不尊重人。

查尔斯　　　　　　　我想尊重来着。

可你也知道，我和你单独待不了一分钟。

莫妮卡　你和我已经单独待了好几分钟。

你全用来瞎抬杠了。不过，说真的，查尔斯，

我爸肯定会一直埋头在书房，

要等别人叫他喝茶才会想到离开。

所以，有话不妨现在说。不过你想说什么，

　　　　　我清楚得很。先前都听过了。

查尔斯　你要再听一遍。你以为我要再对你说
　　　　　我爱你。也没错。不过呢，
　　　　　我还有别的话要说，以前没说过的。
　　　　　会吓你一跳。我相信**你**爱**我**。

莫妮卡　呵，你这人可真霸道！
　　　　　说真的，你一定以为自己是个催眠师吧。

查尔斯　这是要折磨我吗？不过说这话，
　　　　　我也挺自私，因为我认为——
　　　　　我认为你也在折磨你自己。

莫妮卡　没错。是这样。因为**我**爱**你**。

查尔斯　这么说我说对了！刚才说出来那一刻，
　　　　　我吓坏了。因为我并不**知道**你爱我——
　　　　　我只想姑且当个真，没承想竟让你说了出来！
　　　　　不过，既然说出来了，你就得再说一遍。
　　　　　因为我要肯定肯定再肯定！你肯定没弄错吧？

莫妮卡　怎么回事啊，查尔斯？这话悄没声息
　　　　　就挨上来，贴我身后，
　　　　　一声不吭，许久许久，
　　　　　过了许久，我才察觉出它来。

查尔斯　　　　　　　　　　　你的话好像
　　　　　来自远方，可又很近。你改变着我，
　　　　　我也改变着你。

莫妮卡 我的身上

已然有了多少你？

查尔斯 我的身上又有多少你？

我不是一刻前的我了。

我与**你**——这两字，现在什么意思？

莫妮卡 在咱们二人世界里——咱俩现在有个二人世界了

——那意思不同了。看！咱们又回到

几分钟前才来的屋子里。

靠椅、桌子、门……

我听见有人过来：兰贝特送茶来了……

［兰贝特推着小车上］

而我会说，"兰贝特，

请告诉勋爵茶点备好了"。

兰贝特 好的，莫妮卡小姐。

莫妮卡 查尔斯，我真高兴

你**能**留下来喝茶。

［兰贝特下］

——现在我们到公共天地了。

查尔斯 你爸就要来了。迎客一脸慈祥，

沉稳透着霸气——这一直就在提醒我

不能待太久，因为你属于他。

他好像恬然自得就以为，

除了他，你身边其实谁也不要！

莫妮卡　不要以为我对你说了啥,

　　　　你就可以来说我爸的不是。

　　　　首先,你不了解他。

　　　　其次,咱俩没订婚呢。

查尔斯　没订吗?咱俩彼此相爱,这一点没异议吧。

　　　　而且法律上毫无障碍。

　　　　这样还不算订婚?

　　　　难道你不能肯定想嫁我?

莫妮卡　不,查尔斯,我肯定想嫁你——

　　　　等我自由吧。不过到那时,

　　　　没准你又变心了。这种事不是没有过。

查尔斯　我不会。

　　　　[敲门声。兰贝特上]

兰贝特　打扰一下,莫妮卡小姐。老爷吩咐您

　　　　不用等他喝茶了。

莫妮卡　　　　　　　谢谢,兰贝特。

兰贝特　他这会儿正忙呢。不过耽搁不了多久。

　　　　　　　　　　　　　　　[下]

查尔斯　难道你不明白这是在折磨我吗?

你要把你爸带去那个奢侈的康复会所。

你要单独和他在那儿禁闭多久？

然后呢？

莫妮卡　我应该陪他去。我有几大充分理由。

查尔斯　比嫁我还充分的理由？

说说看。

莫妮卡　　　首先，他害怕独自一人。

他这辈子，从未独自一人过。

晚上在家，哪怕读书、看报，

屋里也要有人陪他。

别人也可读书，或干坐着，手里没啥

不能打断的事。他可以偶尔对人说上一句。

多半都是我陪他。

查尔斯　　　　　我知道一直是你。

可惜没有兄弟姐妹来分担。应该说姐妹吧。

因为你的弟弟对你压根儿没用。

莫妮卡　怕是对谁都没用。

可怜的迈克尔！妈妈把他惯坏了，

爸爸又太严厉——他俩在一起总吵架。

查尔斯　你说你陪你爸有几大理由。

他害怕孤独——还有比这更充分的吗？

莫妮卡　第二个理由正相反：

他害怕周围都是陌生人。

老政治家　·　099

查尔斯　可他在人中间可精神了：

摆弄人、操纵人、哄骗人、吓唬人——

他哪样不是大师？还怕陌生人！

莫妮卡　这你就不懂了。你有权有势的时候见人，

那是一副官场派头，人眼里的你不是什么个人，

而是公众人物。搞政治的时候，

爸爸贴的是公众标签。

后来，做了上市公司主席，

他一直都保留着个人的一面。

查尔斯　他这个人的一面保留得可真好，

有时我都怀疑到底有没有什么……

个人的一面要保留。

莫妮卡　　　　　当然**有**个人的一面，查尔斯。

肯定有。

查尔斯　　你给了两条理由，

相互矛盾。

还有第三条吗？

莫妮卡　　　　　这第三条理由就是：

希尔比医生才告诉我的——

爸爸的病比他自己以为的严重得多：

没准这回去了巴基利会所，再也回不来了。

不过，希尔比想让他处在一个积极的环境里——

如果他心存希望，没准能多活些日子呢。

所以，希尔比挑了那么个地方：一家**康复**会所，

感觉像住酒店——

横竖不带丁点儿诊所的气息——

一切都是康复的氛围。

查尔斯　这一条最充分，也最令人沮丧。

因为这局面可能要持续很久。

而你会把我们的婚期一推再推。

莫妮卡　恐怕……不会太久，查尔斯。

几乎可以肯定，去牙买加过冬不可能了。

希尔比说，"先预订吧，有个要去的样子"。

不过，巴基利会所离你选区很近呀！

就算议会进入会期，周末你也可以过来。

要是爸爸不要我陪，你就可以带我出去。

不过，和你说话，他绝对喜欢！

查尔斯　他习惯了我在他眼前晃悠。我知道。

莫妮卡　我见过他看你的样子。他是在想自己

像你这么大时——像你一样刚刚起步，

抱着同样的希望、同样的雄心壮志——

他也在想自己的种种失意。

查尔斯　　　　　　　那是惆怅、同情，

还是……嫉妒？

莫妮卡　　　　嫉妒无处不在。

谁还没有嫉妒心？人多半不是嫉妒而不自知，

就是嫉妒而不觉难堪。查尔斯啊，假如嫉妒是
和同情和惆怅……和柔情掺杂在一块儿，
那可谢天谢地了。
他喜欢你，我肯定。
所以，你得常来。哦，查尔斯，亲爱的——

[克拉夫顿勋爵上]

莫妮卡 爸爸，你来得可真慢。忙什么呢？
克拉夫顿勋爵 下午好，查尔斯。莫妮卡，我忙什么，
你可能也猜到了。这本子，不认识了吗？
莫妮卡 你的记事本。
克拉夫顿勋爵 没错。我一边翻看，一边郁闷。
莫妮卡 可现在哪能看记事本呢？
你知道医嘱的：彻底休息，
啥也别想。不过我也知道，做到不易。
克拉夫顿勋爵 我正是这样呀。
莫妮卡 啥也没想？
克拉夫顿勋爵 啥也没想。就是回忆，
年复一年，每天一边吃早饭，
一边看这本子——或者跟这一样的本子——
你知道，我把过去的本子都放在一个架子上。
我能在相应的本子里，找到二十年前的今天，

在下午这一刻,我在干什么。

今天——不在早饭桌上,而是下午茶前,
与其说我在看这记事本,不如说
我在摩挲着几张空白页——
自打进入议会后,我最先留下的几张空白页。
过去,我会把要对人说的话记上几笔。
现在我无话可说,也没人可说了。
我在想……还得多少空白页呢?

莫妮卡 要是由着你,还不很快就给填满了呀!
我要做的就是拦着你。你精力旺盛,
一刻也不消停——就像机器通上耗不完的电,
终于给废掉。你知道,
我得护着你,别这样。

克拉夫顿勋爵 都耗尽了,莫妮卡,你知道的。
查尔斯啊,他们说要休息,这些个医生。
他们叫我小心点儿,生活悠着点儿。
还生活悠着点儿!有人压根就没想坐火车
上哪儿去,你还在一旁劝他别去赶火车!
对于过去的生活,我可一点儿也不留恋。
我只是害怕眼前的空虚。如果有精力
工作到死,那么面对死亡,我会何等开怀!
可是,等待,只是等待,一动不想动,
却又厌恶不动。害怕空虚,

老政治家 · 103

却又一点儿不想去填满。

就像身在一条支线上的火车站,

坐在空荡荡的候车室里,末班车开走了,

其他旅客都去了,售票处也关了门,

搬运工也走了。在清冷空荡的屋子里,

面对空荡荡的隔栅,我在等什么呢?

谁也不等。啥也不等。

莫妮卡 可你一直都在盼望这一刻呀!

你知道,告别宴上你可是好一通嘟囔:

员工们的各种奉承、给你送的礼、

你不得不说的话,

还有你不得不听的话!

克拉夫顿勋爵 ［指向仍躺在盒子里的一只银托盘］

也不知道我忘不了的是哪个呢——

是他们言不由衷说我的那些话,还是我

言不由衷的回答——就为这,

横竖我都感激不尽啊。

呵,抠巴巴地凑份子,买了

这么个银盘!份钱还不够,这就是

主席的价码!我的那帮董事嚷嚷:

"咱们得出点血,让份子翻番啊——

一定要买个光鲜的东西。"

这东西盛访客的名片倒正好——

搞得好像现在人来拜访，

谁还先递名片预约似的，

又好像我这儿还会有人上门来呢。

莫妮卡　爸爸呀，你这是抑郁得上瘾了！

你知道你是风风光光地退下的——

报上说你的每个字，你都读了。

查尔斯　头版文章说，"我们确信，他依然

会用自己的慎思明断，长久为政府效力"。

还说期待在上院的辩论中

听到您的声音……

克拉夫顿勋爵　　只要地位显赫的人退下，

报界就会来上这一套。要是死在位上，

我的讣告能占一栏半的篇幅，

还会配个插图——一张二十年前的肖像。

退休五年后死去，篇幅减半。

十年后走，一个段落。

查尔斯　　　　　　那是对公众人物的褒奖。

克拉夫顿勋爵　不如说是，

失败的成功人士的殡葬，

成功的失败者的葬礼。

他们占了别人眼红的位置。

我们走的时候，

许多人略感悲伤，而我们亲密的诸位同事，

那一小撮真正了解我们所占位子的人，

可就窃喜啦。他们可不愿我在金融街阴魂不散，

或是坐在上院里。而我呢，鬼魂一个，

也不想在那儿露面。人竟然会怕鬼，

想起来就好笑。他们哪里知道

鬼是怕人啊！

[敲门声。兰贝特上]

兰贝特　　打扰一下，老爷。楼下来了位先生，

非要见您不可。我告诉他，

不经预约，老爷您不见任何人。

他说他知道，所以带了这便笺来。

还说如果他没见着您就走了，

您知道后会很生气的。

克拉夫顿勋爵　　什么样的人？

兰贝特　　　　　　看面孔像外国人。

不过说一口地道的英语。

声音好听极了。

克拉夫顿勋爵　[看过便笺后] 我在书房见他。

不，等一下。那里扔得到处都是报纸。

我还是在这儿见他吧。

兰贝特　　　　　　好的，老爷。

莫妮卡小姐，我把车推走？

莫妮卡　好的，兰贝特，谢谢。

[兰贝特下]

查尔斯　　　　　　　　　我该走了。

莫妮卡　咱们去书房吧。我从那儿送你。

克拉夫顿勋爵　把你们从这间屋里撵走，真是不好意思。

不过，莫妮卡，这人我得单独见见。

以前可没听说有这号戈麦斯先生。

可他带了熟人的介绍信来。我没法不见。

不过，凭我对介绍人的印象，

估计他是要钱来的。

要么就是来推销一钱不值的东西。

莫妮卡　爸爸，你现在不该再和这种人纠缠了。

要是二十分钟内打发不了他，

我就让兰贝特叫你去接长途电话。

走吧，查尔斯。拿上我的外套。

查尔斯　再见了，先生。

希望一两个星期后，

在巴基利会所见到你们俩。

[兰贝特上]

老政治家　·107·

兰贝特　　　　　　　　　老爷,戈麦斯先生来了。

克拉夫顿勋爵　　　　再见,查尔斯。请记住,

无论何时,只要你在附近,

我们俩都想见到你。对吧,莫妮卡?

莫妮卡　没错,爸爸。[对查尔斯]我们俩都想见到你。

[莫妮卡和查尔斯下]

[兰贝特带戈麦斯上]

克拉夫顿勋爵　晚上好,戈……戈麦斯先生。您是

卡尔弗韦尔先生的朋友?

戈麦斯　不妨说,我俩铁磁。

不认识我了吗,狄克?

克拉夫顿勋爵　　　弗雷德·卡尔弗韦尔!

你怎么回来换了个名?

戈麦斯　自打认识你,你不也改了名吗?

在牛津的时候,你是不起眼的狄克·费里。

然后,你结了婚,拿过你老婆的名,

成了理查德·克拉夫顿 – 费里先生;

最后呢——克拉夫顿勋爵。

我也学了你的样儿,当然不成气候。

你知道,在**咱**待的那地方,

改名更姓是常有的事。

再者说了，在咱那个国家，我老婆的名

可比卡尔弗韦尔听上去正常得多，

念起来也顺口些。

克拉夫顿勋爵　你……离开英国后，一直待在那儿？

戈麦斯　自打刑满释放后。

克拉夫顿勋爵　怎么又回英国了呢？

戈麦斯　　　　　　　　　思乡啊、

好奇、躁动不安，随你怎么说都行。

不过这些年，我可累得够呛，

我琢磨，现在该放个长假了，

算是疗养吧。这就是我回来的目的。

你看，我和你一样，狄克，鳏夫一个。

所以，想去哪儿，就去哪儿。你瞧，

在圣马可——中美洲的一个共和国，

戈麦斯而今可是有头有脸的一方公民。

在那儿混个名望可不易，和这儿一样难。

不过有一点要说明：那儿的人要是敬重你，

原因可是大不一样哟。

克拉夫顿勋爵　你是说，你的行为让你在英国这边

身败名裂，可同样的行为

却让你在那边有头有脸？

戈麦斯　　　　　　　没有的事，没有的事。

我觉得你这话未免刻薄了些。

我可一直守着法来着,

也一直让法守护着咱。

有时候,我得砸下重金。

不过,咱凭经验知道该砸给谁。

一点儿小钱,在妥帖的地点

以妥帖的方式派出去,

那回报可是好几倍哟。

真是这样,我向你保证。

克拉夫顿勋爵 换句话说,

你搞的是系统的腐蚀。

戈麦斯 错,狄克,你的逻辑有问题啊。

你怎么能腐蚀已经腐败了的人呢?

我可以发誓,咱从未腐蚀过谁。

其实吧,为官清白到可以被腐蚀的主儿,

咱还一个没见呢。

克拉夫顿勋爵 这么看来,你的生意,

要是多半在英国做了,

没准会让你再蹲大狱?

戈麦斯 正是。

不过,推论不成立。

如果在英国,这生意咱想都不想。

我的道德标准与我身处的社会保持一致。

凡你不赞成的事，我在英国都不会做。

克拉夫顿勋爵　这一点嘛，至少还令人欣慰。

我相信，你无需伪造文书吧？

戈麦斯　伪造文书，狄克？亏你想得出！

我告诉你吧，伪造文书可是危险的活儿。

这一点——我坚信不疑。

不行的，伪造文书，或者伪造支票，诸如此类的事，

迟早肯定要败露。

然后咋样？你得走人了。

这对我可不行。我这人太恋家。

对了，我还有好几个孩子，

都长大成人了，日子滋润着呢。

我可不会让两个儿子去搞政治。狄克，

在咱那个国，政客不能犯错。谨小慎微的人

总会安排一架飞机随时待命，

同时在一家瑞士银行开户。

来不及逃脱的人，

要么身陷囹圄，不太好过，

要么就得面对行刑队了。

你不明白政治是一件多么严肃的事！

我对儿子们说："千万别碰政治。

要远离政治，脚踩两只船：

失之桑榆，收之东隅。"

狄克,家里不会一点儿威士忌也没有吧?

克拉夫顿勋爵　威士忌有。[按铃]

可你为什么回来了呢?

戈麦斯　这你已经问过了呀!

来见你呀,狄克。很自然的愿望嘛!

因为你是我唯一可以信任的老朋友。

克拉夫顿勋爵　你真的信任我?承蒙赏识。

戈麦斯　你当之无愧啊,你心里明白得很。不过我说"信任"……

[敲门声。兰贝特上]

克拉夫顿勋爵　兰贝特,请把威士忌拿来。还有苏打水。

兰贝特　好的,老爷。

戈麦斯　再来点儿冰。

兰贝特　冰?好的,老爷。

[下]

戈麦斯　接刚才的话:我说的"信任",可是经验之谈。

泛泛地说信任人,那是扯淡。什么意思呢?

你在这一方面信任一个男人;

在那一方面,信任一个女人。

有了这层关系,甲不会让我失望;

因为别有牵扯，乙不会令我扫兴。

不过，我一直对儿子们说：

"到了需要信任某人的关头，

你一定要让他值得信赖这点值点啥。"

[说话的当儿，兰贝特悄无声息上场，放下托盘，下]

克拉夫顿勋爵　　请便。

[戈麦斯也不客气，满上一杯]

戈麦斯　　　　　你呢？

克拉夫顿勋爵　我不喝，谢谢。

戈麦斯　　　　　　　变好了哈！

克拉夫顿勋爵　我想知道你为什么非要信任**我**。

戈麦斯　非常简单。三十五年后，

我回英国来了。你能想象背井离乡

三十五年的滋味吗？走的时候，

我二十五，和你一样大。

去几千英里外，到另一种气候下，

听另一种语言，看别样的行为标准，

我要替自己弄出另一副德性，

另取一个名。想想这意味着啥吧——

另取一个名。

[起身去喝威士忌]

不过，你当然知道点儿！

就那么点儿，正好让你自以为是了。

你改过两次名——水到渠成，

每一步不过是又上一个台阶，

所以，变成另外一人，你也浑然不觉。

但我改名的那地方，可没啥社会台阶要上。

那是临堑一跃——有去无回。

我一个纵身，就和自己分离了。

而你呢，慢悠悠、顺当当，

压根儿就没意识到狄克·费里早死了。

我娶了个英语一字不识的姑娘；

她也不想学英语，对四千英里外发生了啥

全无兴趣。她只信教区牧师对她说的话。

我让我的孩子们学英语——有用啊。

我一直用英语跟他们说话。

可他们用英语思维吗？没有的事。

他们用西班牙语思维，却满脑印第安人的想法。

老天啊，狄克，**你**可不知道隔绝那滋味！想家啊！

思乡这个词苍白无力。

我那种孤绝感，你不懂，

你以为你懂……

克拉夫顿勋爵　　　我肯定懂。

我一直孤身一人。

戈麦斯　　　哈,孤独——

那滋味谁都知道。

你的孤独嘛——舒坦坦、软绵绵、暖洋洋;

你可没被隔绝过——只是被护了起来。

人只有意识到丧失了**自我**——只有这时,

你才会倍感孤绝。

克拉夫顿勋爵　　　我在等你说

为什么非要信任我呢。

戈麦斯　　　非常简单。

我父亲死得早——这倒是件好事。

我母亲——我敢说她还活着,

不过一定很老了。她想必以为我死了。

至于我那几个嫁了人的姐妹——我可不以为

她们会跟自己的男人说家里的事。

她们不会想见我的。不会。

而我需要个故交旧友,一个我能信赖的朋友:

卡尔弗韦尔和戈麦斯——他都能接受;

在他眼里,卡尔弗韦尔就是戈麦斯,

戈麦斯就是卡尔弗韦尔。

狄克,我需要你给我一种现实感!

克拉夫顿勋爵　　　可按你那套信任人的说法,你准备如何让我值得信赖这点值点啥呢？

戈麦斯　这一点早妥了，狄克，好些年前就妥了呀：

那时你要罩着我，我的灵魂都像被钢丝箍住了。

那些事，一桩桩，

咱们一会儿再说。

咱俩之间一直有这个纽带在，

奇不奇怪？

克拉夫顿勋爵　我倒从没想过。说下去。

戈麦斯　那好，回想一下上牛津时咱们什么样。

再想想在你的影响下，我变成了啥样。

克拉夫顿勋爵　你不能把你的……不幸

算到**我的**头上吧。

戈麦斯　你在学校里的那帮哥儿们，

我同他们太不一样了——

我和你们就不是一类人。这我也知道。

你在牛津开始罩着我的时候，我敢肯定

你那帮哥儿们一个个都疑惑：你到底

在我身上看中了啥——我，一个来自

无名文法学校、靠奖学金吃饭的学生。

我自己也不明白。不过，我可受宠若惊啊。

后来，我慢慢明白了：你跟我热乎，那是因为

这样**你**很受用——看见我受宠若惊，看见我崇拜你，

这就撩起了你对权力的向往。

所有人都以为我会成为优等生。

我想你的老师当时以为你会被开除吧。

结果却是两样。至少,你混了下来。

后来,我琢磨了许久。

克拉夫顿勋爵　你的结论是?

戈麦斯　是这样的,狄克。你性喜放荡,

却从不过度。你呀,狄克,心里住了个

精明鬼。**我**就缺这么一个外援。

克拉夫顿勋爵　对你后来的遭遇,我肯定负不了责,

横竖没有的事。

戈麦斯　你在牛津领着我,又撒手不管了。

于是我被开除,那后果你还记得吧:

混了个惨兮兮的小职员——那是你爸替我找的差;

养成了奢侈的品味——那是你调教的。

同样不幸的是,还练就了一手书法绝活。

于是,一如你刚才的提醒,

开始挪用公款、伪造文书。然后呢,

蹲了大牢,这倒给我时间

把一切想明白了。

克拉夫顿勋爵　这是你第二次提到反省。

不过,有件事你好像忘了:

你出来的时候,我帮过你。

戈麦斯　没错。替我付了车船费。我知道为啥:

老政治家　·117·

你想甩了我。原因我一会儿再说。

眼下咱们看一眼**你的**发迹史吧。

你很有钱，婚姻美满——或者说看着美满。

靠着你老爸的钱，靠着你老婆家庭的影响，

你在政界混得风生水起。

咱们就说你自己干得挺好吧？

不过，我猜想，不如你希望的好。

克拉夫顿勋爵　从来没人说我犯过错。

戈麦斯　没错。在英国，错误都是无名氏，

因为担责之人不犯错。

这也是你们的惯例。或者呢，假如你的错误曝光，

给你挪个位子即可，至少在那个位子上，

你不可能再犯一模一样的错。

最糟的结局，也就是变成反对党，让别人去犯错，

直到人把你的错或多或少给忘了。

我敢说，狄克，你肯定犯过错……

所以你离开政界，去金融圈

占了个显赫的位子。政府有事

总能找你咨询，不过，当然了，

也不必就采纳你的建议……

你看，我一直劳神留意你的职业生涯来着。

克拉夫顿勋爵　承蒙关注。感动。

戈麦斯　　　　　　　　我天生善交朋友。

你的飞黄腾达令我好生欢喜。不过有件事
　　我想不明白。你不到五十，就官拜大臣，
　　照此下去，应该问鼎啊！
　　可你却退出政界，进了金融圈，
　　做了银行总裁、上市公司主席。
　　你这样子还真像那么回事——
　　生就是个高大傀儡的料。
　　可到了六十，你又退了。
　　六十——这是为何？

克拉夫顿勋爵　你这么了解我，想必也知道，
　　我是在医生的一再要求下退休的。

戈麦斯　可不是嘛。委婉的套话。
　　不过我还是奇怪：
　　你健健康康又过了五年，至少吧。
　　这就**透着**蹊跷。
　　他们怎么会让你退休呢？

克拉夫顿勋爵　真想知道，我告诉你：我中风了。
　　没准还会再来一次。

戈麦斯　　　　　　　是啊。没准还会再来一次。
　　不过，我想知道这……中风的起因；
　　我还想知道你是否真是人说的那什么
　　伟大的经济学家、金融奇才。
　　我倒是知道点儿别的事。

据说啊你的婚姻并不美满,

这可叫我难过极了,狄克。

还有贵公子——我听说

他在大学里走了你的道,

不过没你身上那个精明鬼来保佑,

告诉他适可而止。

瞧,我又口渴了。

[给自己倒上威士忌]

克拉夫顿勋爵 饶有趣味的生平概述。

只是尚欠准确。我唯一感到惊讶的是,

圣马可这位受人敬重的公民,

一边忙着他诡秘暗示的那种生意,

一边却在百忙中

对我的职业生涯了解得这般仔细。

戈麦斯 我自个儿的职业生涯,

就不向你一一交代了。咱也混得挺好。

我就好奇,要是没遇见过你,

我会是个啥样呢?应该得了优等生吧,

兴许还做了教书先生,在一所中学——

我上牛津前就读的那类中学——教历史。

再看眼下呢?咱是个人物了——

圣马可的一个大人物，比我待在英国可牛逼多了。

克拉夫顿勋爵 这么说，你还自以为是个成功人士……

戈麦斯 世俗的成功，狄克。在另一种意义上，

咱俩都是失败者。可即便如此，

我也宁要我的这种失败，不要你那种。

克拉夫顿勋爵 你所谓的失败是什么呢？

戈麦斯 我所谓的失败？

一个人得不断跟自己装模作样，

做成功状——早晨起来先得化个妆，

然后再揽镜自照——这种人，在我看来，

就是彻彻底底的失败。

克拉夫顿勋爵 你这样要我相信你……世俗的成功

——你这般装模作样岂不正是如此？

戈麦斯 不然，因为我知道

我砸下的银子价值几何。

克拉夫顿勋爵 可不！真有意思啊！

我还是不明白你为何要来见我。

换言之，你说可以信任我

——这话又是什么意思？

戈麦斯 狄克，还记得有个月夜

咱们赶回牛津吗？**你开的车？**

克拉夫顿勋爵 好多次呢。

戈麦斯 有一次比较特别。

你很清楚我指的是啥——

一个夏天的晚上,月影斑驳——

你在路上撞倒老人的那一晚。

克拉夫顿勋爵　你说我在路上撞了一个老人。

戈麦斯　你自己也明白。我说"狄克,你撞人了",

当时你若吓一跳,

怎能片刻不见表露?

你的脚根本就没离开过油门。

克拉夫顿勋爵　咱们不是急嘛。

戈麦斯　　　　　　　　　不只是急吧。

你是不想让人知道咱们去过哪儿。

和咱们一块儿厮混的姑娘——她们叫什么来着?

我全忘了——你可不想让人把**她们**叫来作证。

你实在无法面对啊。狄克,

我说能够信任你,现在明白为啥了吗?

克拉夫顿勋爵　如果你觉得公众会对说的这事感兴趣,

何不把你的故事卖给一家星期日报呢?

戈麦斯　亲爱的狄克啊,

你怎么能有这么荒唐的想法!

事情过了这些年,忽然从

圣马可来了位费德里克·戈麦斯,

爆出一面之词——谁信呢?

那还不把你给毁了呀!

这种东西，报社看都不看。

再者说了，

谁是弗雷德里克·卡尔弗韦尔呀？

你不会以为我还想以这个身份

在公众面前露脸吧？

不会的，狄克，你的秘密在我这儿安全着呢。

当然啦，没准我会给几个朋友私下透透。

也没准就能传到你认识的谁的耳朵里。

不过，你决不会知道我告诉过谁，

或谁知谁不知。我向你保证。

放心吧，我这人守口如瓶。

克拉夫顿勋爵　那么你要什么呢？要钱吗？

戈麦斯　我的老伙计呀，你可太迟钝了！

我说"你的秘密在我这儿安全着呢"，

于是你就……唉，说什么我也不信，

你会指责一个老友上门来……敲诈！

恰恰相反，我敢说，我能把你赎出好几回。

圣马可是赚钱的好地方，不过**存**钱在那儿

可不保险。我的投资——也不全是以我的名义

——分布极广。另外呢，在斯德哥尔摩或苏黎世，

我还开有账户，足以让我下半辈子躺着过。

说真的，狄克，你该向我道歉。

敲诈！正相反啊，一旦你有了难处，

我的全部财产任你支配。

一分钟前你直截了当提醒我，

你曾是我朋友，慷慨仗义的朋友。

也许，现在轮到我对你慷慨了。

[兰贝特上]

兰贝特　打扰一下，老爷。莫妮卡小姐要我提醒您，

五分钟后有长途电话找您。

克拉夫顿勋爵　　　　我会去接的。

[兰贝特下]

戈麦斯　呵，预先布下的干预，

正对一个缺钱犯难的不速之客，

断了他令人讨厌的造次。

好吧，我不会缠你很久。不过，我敢说，

给你打电话的那位

再等上一刻钟也无妨。

克拉夫顿勋爵　走之前——你要什么呢？

戈麦斯　我一直想表明的是，我只要你的友情！

就像过去那样——你调教我奢侈品味时的那个样。

现在轮到我了。要是你的医生

允许你偶尔抽上一口，我可以让人

直接从古巴给你寄来雪茄。

我是个孤独的人，狄克，渴望温情啊。

我只要在这里时，尽可能和你多走动。

多处一刻，没准我就多待一刻。

克拉夫顿勋爵　　　　　　　荒唐透顶！

胁迫别人和你在一起——你管这叫友情？

装什么装啊？

戈麦斯　胁迫，狄克！你怎么能说胁迫呢？

你可太刻薄了。我唯一的目的

就是再续交情。难道你不明白？

克拉夫顿勋爵　我明白的是：许多年前，我给了你友情，

你给我的却是嫉妒、怨毒和仇恨。

所以，你这就把自己的堕落

归咎于我。可我怎么替你负责？

我们一样的年纪。你是有是非观的自由人。

你妄称我教你学会了奢侈：

可要是自己本没那些个嗜好，

你哪里会喜欢跟我一块儿呢。

戈麦斯　说得好，我都快要信你了：

难道你不希望这话你也能信？

克拉夫顿勋爵　　　　　　要是我谢绝陪你呢？

戈麦斯　我可以等呀，狄克。你终究会把心软下来。

你会逐渐感到，比起不见我的身影，
有我在身边，你更自在些。
你会怕人窃窃私语，
怕在镜子里看见身后那张脸，
怕见暧昧的笑容、远远的招呼，
怕走进吸烟室，突然一片死寂。

别忘了，狄克：
你**没停车呀**！好了，咱还是走吧。
我没待得讨人厌吧？
给你打电话的老兄没准都不耐烦了。
回见，很快见。

克拉夫顿勋爵　　我想，不会很快。
我要离开这儿了。

戈麦斯　　　　　听说了。
咱贵族圈里无人，可报界有朋友啊。
就此别过吧。再次重逢，
确信咱俩可以重拾旧谊，
真令人神清气爽。

［戈麦斯下］

［克拉夫顿勋爵坐着沉思片刻。敲门声。莫妮卡上］

莫妮卡　是谁呀，爸爸？

克拉夫顿勋爵　　　　　以前认识的一位。

莫妮卡　哦,这么说你认识他?

克拉夫顿勋爵　　　　　　认识。他改了名。

莫妮卡　来要钱的?

克拉夫顿勋爵　　不,他不要钱。

莫妮卡　爸爸呀,这次见人可把你累着了。

现在你得去休息,晚饭前再起来。

克拉夫顿勋爵　好的,我这就去休息。

真希望查尔斯和我们一块儿吃饭。

聚个餐多好。

莫妮卡　爸爸,就咱俩不行吗?

要是今晚我们两人吃饭你都受不了,

到了巴基利会所该怎么办?

幕　落

第 二 幕

巴基利会所露台。数天后一个阳光明媚的早晨。克拉夫顿勋爵与莫妮卡上

莫妮卡 目前为止,情况比你预期的好,
对吧,爸爸?他们随咱们便。
餐厅里的人一点儿好奇没有。
舒服的床、热乎的水,
早餐也很过得去。客房服务员
可真**是**客房的服务员哟:
我问她上午咖啡的事,她回说
"十一点钟茶点不归我管,
那是护士的事"。

克拉夫顿勋爵 目前为止,还算不错。
再过两周——十四天里无人盯着你,
也没人递画报要你看,或者三缺一,
要你凑上一桌牌——我的信心会更足。
不过,我要承认已经心满意足了。
但愿能长久吧——舒坦好幸福!

年轻时，幸福感常有，

不过那时没留意；

等有意识时，

感觉少之又少了。

希望这和煦的阳光多照几日。

不过，今年初夏，光景好反常，

这往往就是果树打霜的预兆了。

莫妮卡　别管那么多，趁着天好多享受。

在我的记忆里，你没别的，

总是烦恼缠身，摆脱不掉。

眼下，我就想见你快活起来！

克拉夫顿勋爵　也许，我从未像大多数人，

真正享受过生活。至少，没像他们那样，

浑然不觉地快活过。可我倒是常知道，

自己过得不快活。我内心深处对自己

不太满意。我想这种不满把我逼了一辈子，

要去寻个理由——不是世界存在的理由，

而首先是我自己存在的理由。

我们内心的这个自我，这默不作声的旁观者、

无言而苛刻的批评家——

他是怎么回事呢？他恐吓我们，

怂恿我们去干徒劳无益的事。

在他的数落下，我们一错再错，可到头来，

他却指责我们，还变本加厉。

莫妮卡　你自己说了，此时此刻，你觉着快活呢，

觉得这里真的好像清静又宜人。

甚至护士长太太也随咱们自便，

虽然她那样颐指气使得很。

克拉夫顿勋爵　没错。不过想想她的话。

她说："随你们自便！你们要的是绝对清静：

巴基利会所正为此而设。"

我觉得这话的兆头很是不妙。人这样说话，

就表明潜在一种欲望，要干扰

别人的私生活。肯定要爆发的。

莫妮卡　嘘——爸爸，我看见她从房子那边过来了。

拿起报纸，给我读报吧。

[皮戈特夫人上]

皮戈特夫人　早安，克拉夫顿勋爵！早安，克拉夫顿小姐！

今天早晨，天可真好！

我怕你们以为受了怠慢，

所以特来致歉、解释一下。

最近这些天，我忙得不可开交。

我就想："早餐后我没紧跟过来，

克拉夫顿勋爵会理解的：

他也是忙人一个嘛。"不过,
我希望你们过得还愉快吧?
可有什么照顾不周之处?
但有要求,知会一声即可。
直接给我办公室打电话。如果我不在,
我的秘书——蒂明斯小姐会应答。
能有幸为你们服务,她不要太开心哟!

莫妮卡　您太客气了……呀,抱歉,
还不知该怎么称呼您呢。
叫您"护士长太太"吗?

皮戈特夫人　　　　　　噢,不,可别叫"护士长太太"!
当然啦,某种意义上,我的确**是**个太太——
不,这意思不单是说我嫁了人——
其实,我是寡妇。不过,我曾经可是
训练有素的护士哟。当然啦,我的生活
一直是在你们可能会说的医疗圈子里。
我父亲曾是药理学家。而我丈夫
则是出色的外科医生。你们知道吗,
我是在一次阑尾手术中爱上的他!
当时我是手术室里的护士。不过,在巴基利会所,
你们可别叫我"护士长太太"。你们也知道,
但凡类似疗养院氛围的东西,
我们都刻意回避。我们不想让客人觉得

自己是病人，不过，我们倒也从未有过

健康无恙的客人，除非

像您这样的，克拉夫顿小姐。

莫妮卡　克拉夫顿 - 费里。或者简短些：费里。

皮戈特夫人　非常抱歉，克拉夫顿 - 费里小姐。我是皮戈特夫人。

就叫我皮戈特夫人吧。这名字简短，

也好记。不过，我才说呢，

客人里罕有健康无恙的，但我们也从不接收

无药可救的。你们知道，有些人想来这儿等死呢，

发来的申请竟让我们应接不暇！

我们一概不接。**看上去**无药可救的，

我们也不收——这个要求，我们向

所有送人来这里的医生都明确过。

去吃午饭时，你们可以环顾一下餐厅：

病恹恹的，一个也没有！都是康复中人，

或者像您这样，来休息的。所以，你们要记住，

始终叫我皮戈特夫人，好吗？

莫妮卡　好的，皮戈特夫人。不过有件事还请明示。

客房服务员提到一位护士，我们还没见着。

等见到她时，就称她"护士"吗？

皮戈特夫人　　　　　　　　　啊，没错。这不一样。

她可是正儿八经的护士，

你们知道的，合格又称职。

我们这个制度有一种平衡非常微妙：

我简称"皮戈特夫人"，客人们听了

会有一份安心在；

而管我们的护士叫"护士"，

他们听了又另有一份安心在。

克拉夫顿勋爵 您的意思，我完全明白。

皮戈特夫人 好，现在我得闪了。手头的事多得不得了啊！

不过，走之前，让我给您掖掖毯子吧……

这时节，您可得非常小心才是。

初夏的暖和天变幻无常。

好了，这下您看着就舒服多啦。

克拉夫顿－费里小姐，下午别让他

在屋外待得太晚。记住，

你们想**非常**清静，就去静谧室。

那儿有一台电视。

晚上比较热闹。不过不算**太**挤。

[下]

克拉夫顿勋爵 我的担心应验了。不过，还不能说

糟糕透顶。哪儿有皮戈特夫人这种人，

哪儿的客人里，没准就有

比皮戈特夫人更狠的角。

老政治家 · 133

莫妮卡　希望这只是她的调味酒，

来了客人就端上。

她觉得是应尽的客套吧。也许这之后，

她就随咱们去了。

[皮戈特夫人再上]

皮戈特夫人　　　　我可**真是**怠慢了呀！

克拉夫顿－费里小姐，我该跟您多说两句才是，

巴基利会所也为年轻一族备有各种娱乐。

如果咱们中间年轻人比较多，晚上就能办舞会了。

眼下还不成。游泳也还太早。

不过，咱们有几位客人酷爱网球。

当然了，槌球总还可以玩。不过，

我不建议您马上就玩槌球。还是等您对其他客人

多些了解，知道**不能**和谁玩再说吧。

是谁我就不指名道姓了。不过，

有那么一两位输不起，

这样玩就没意思了，我的看法。

莫妮卡　谢谢您，皮戈特夫人。不过，我很喜欢散步。

听说这附近有很好的林荫道。

皮戈特夫人　的确如此。我可以借您一张地图。

沿岸或者山间，都有漂亮的林荫道，

远离公路的车水马龙。您一定得体验一下
什么叫大美林荫道。这里当然不热闹，
但我不觉得有错：毕竟，宁静安详
才是我们存在的理由。好了，不打扰啦，
您自己欣赏吧。

[下]

莫妮卡 但愿她别又想起别的什么来。

克拉夫顿勋爵 她会折返回来，跟咱们再说两句宁静安详的问题。

莫妮卡 我觉得她不会再来骚扰了：
从她离开时脸上的表情看，
她觉得今天在咱们这儿尽责了。
我要去周围转转。别害怕啊！
要是你发现有客人像是朝你这边摸过来，
你就把报纸盖脸上，装睡给他看。
人家要是觉得你**真**睡着了，还会想法弄醒你。
可要是看出你在装睡，只好心领神会了。

[下]

一分钟后，克拉夫顿勋爵拿报纸罩上脸。卡格希尔夫人上。她坐进旁边的一把折叠躺椅里，定定神，拿出自己的编织活。

老政治家 · 135

卡格希尔夫人[迟疑过后] 希望没有打搅您。我一直好来这儿坐坐。

这个角落阳光明媚又很隐蔽。

其他客人谁也没发现。

您这么快就找着了,真是机灵。

怎么挑的这地方呢?

克拉夫顿勋爵[扯下报纸] 我女儿挑的。

您刚才说的那些个好处,她也注意到了。

现在得了您的认可,真是不错。

卡格希尔夫人 哦,这么说她**就是**您的女儿——那个挺迷人的姑娘?

看得出,挺孝顺。

昨晚在餐厅,我就望着你们俩来着。

您是克拉夫顿勋爵大人吧?

有人说您要来这儿——都成话题了。

可我还不信真有这么一天呢!

而现在我就坐这儿,同您说上话了。

天哪,过了这些年,真是不可思议。

您甚至都没认出我来!

可甭管在哪儿,我都认得出您。

当然啦,您的照片隔三差五就上报纸。

大家都认识**您**。不过,

我还是希望您也认出了**我**,理查德。

克拉夫顿勋爵 什么!

卡格希尔夫人 您还没认出我吗?

克拉夫顿勋爵　　　　　　　　　　　　怕是没有。

卡格希尔夫人　我们一共三人——埃菲、莫迪和我。

　　　河上过的那一天——永生难忘——

　　　那是我一生的转折点啊！

　　　您那些朋友叫什么来着？

　　　是谁邀我们吃的午饭？说真的，

　　　他们的名字我忘得一干二净。

　　　你们请我们吃饭——饭店叫什么来着，我忘了——

　　　不过，饭挺好吃。我们一起都上了平底船，

　　　我们几个还带了个装茶点的篮子，

　　　里面有几块漂亮的小蛋糕——我忘了

　　　你们怎么叫来着。你们让我拿篙撑船试试，

　　　结果我把自己弄成了落汤鸡，还差点儿把篙扔掉，

　　　惹得你们笑话一场。

　　　难道您不记得了？

克拉夫顿勋爵　　请说下去。

　　　您说得越多，我越容易想起来。

卡格希尔夫人　事后我们三人——埃菲、莫迪和我——

　　　谈起您。现在想来，简直恍如隔世！

　　　可一点一滴，竟然历历在目，吓人吧？

　　　您知道吗，我对您，可是一见钟情——

　　　我想不出是怎么了，可事情往往就这样。

　　　我说"这个人——我能跟他浪迹天涯海角去！"

老政治家　·　137　·

可埃菲——您知道，埃菲精得很——

埃菲说"那你可把自己给毁了。

我把话放这儿。"埃菲说，"你要是铁了心

跟那个男人，别怪他到时甩了你：

他这人靠不住。没真情。"这是她的原话。

也可能说的是"没胆色"？我拿不太准。

现在您想起来了吧，理查德?

克拉夫顿勋爵　您刚才复述的谈话，我还是头一次听说。

不过，我确实想起了您。

卡格希尔夫人　岁月催人老啊，理查德。

我曾经可是风情万种哟。那时**您**就这么觉得，

别人也这么看来着。不过，照您的记忆，

理查德，说出我的名字吧，求您了——

就一下：您认识我时叫我的那个名。

您再喊我一声，我能激动得不行。

克拉夫顿勋爵　　　　　　　　您叫梅西·巴特森。

卡格希尔夫人　嗨，理查德，您这是存心逗我呀。

您明白我指的是艺名。您认识我时叫我的那个名。

克拉夫顿勋爵　那就是，梅西·蒙特娇。

卡格希尔夫人　　　　　　　　　没错。梅西·蒙特娇。

曾经的梅西·蒙特娇。您都没能认出我来。

克拉夫顿勋爵　您肯定改了名吧。我也改了名。

您当下的名字是……

卡格希尔夫人　　　　　约翰·卡格希尔夫人。

克拉夫顿勋爵　我想，您结婚……有年头了吧？

卡格希尔夫人　很多年前，头婚。没维持多久。

人有时怎么说来着："爱情一步错，步步错。"

真是千真万确！阿尔吉性格懦弱，

倒是个朴实人——不奸不滑。

之后我又嫁了卡格希尔先生。

比我大二十。正合我意。

克拉夫顿勋爵　他还健在吗？

卡格希尔夫人　　　　他心脏不好，

工作又辛苦。卡格希尔设备公司

您没听说过吗？做办公家具的。

克拉夫顿勋爵　以前我从不问设备的事。

我相信他的生意很红火……

我的意思是，他让您衣食无忧了吧？

卡格希尔夫人　理查德，要是没钱，医生也不能

把我送**这儿**来呀。没错，现在的我衣食无忧。

不过，您和我最终竟然在这儿

遇上了——不觉得奇怪吗？

这儿，竟然在这儿！

克拉夫顿勋爵　在这儿怎么了？我就不明白，

为什么在这儿一见到我，你就要

翻出过去的事。那些事，

老政治家　·139·

我还以为咱俩谁也不想提了呢。

卡格希尔夫人 这你就错了,理查德。埃菲总说——

这姑娘可真灵！——"女人他不懂。

凡是信了**他**的女人,很快就会发现这一点"。

男人可能愿把爱过的女人都忘掉。

可女人对于爱慕自己的,一个也不想忘。

真的,哪怕他是渣男,可在女人的记忆里,

仍然是一种见证。

男人靠遗忘活着；女人靠的是回忆。

再有呢,女人没什么感觉羞耻的地方；

男人却总想把自己的卑劣给忘掉。

克拉夫顿勋爵 可你我之间已经两清了呀。

谁又伤害了谁？我有我的教训,

你有你的教训,要是你也需要教训。

卡格希尔夫人 你就是不信我真的爱过你！

当然了,你不愿信,也很自然。

可你竟以为,或你要以为,即便我真的疼过、痛过,

也不愿让你知道我是谁,

不愿过来谈谈过去的事。

你错了,知道吗？说说过去——说说你和我,

那是痛并快乐的事。

往事不堪回首——但我珍惜。

克拉夫顿勋爵 真要伤了心,你还能那样行事？

卡格希尔夫人　心头的伤口一旦抚平，谁又能说
它受伤没有？不过，我知你话里的意思。
你是说，我若真的在乎你，就不会告你悔婚。
真是痴人说梦！人要打官司，
只是因为必须做点**啥**。真是的，
也许就不该走庭外和解的路。
我的律师说："我劝你接受吧，
因为费里先生要竞选议员：
他父亲对他的仕途期许极高。
如果他输了悔婚的官司，
有些人就不愿出来支持他了。"
他说："我估算了你应得的补偿，
但他的律师开出的价码，
可要高出一倍呢。"
埃菲持反对意见——她想让你出丑。
但我放弃了。我可不想毁了你。
要是我把官司打下去，你的前程也许就到头了。
再往后，你也成不了克拉夫顿勋爵。
所以呢，你日后能飞黄腾达，那底子
也许还是我给打下的呢！

克拉夫顿勋爵　兴许也为你自己吧，一并？
我好像记得，仅仅过了一年左右，
沙夫茨伯里大街上

就出现了大大的你的名字。

卡格希尔夫人　　　　　　没错，我还有艺术在。

我那首《爱我还不晚》轰动一时，

你不记得了？要不是先前经历过一遭，

我也不能那样声情并茂。你听过我唱没有？

克拉夫顿勋爵　听过。

卡格希尔夫人　　　什么感觉？

克拉夫顿勋爵　没什么感觉。记得发现自己

没什么感觉，我还吃了一惊。

我就想，兴许，对咱俩，

是个解脱吧，万幸。

卡格希尔夫人　　　　那个"咱俩"

是后来加上的吧，理查德。你想的是，

万幸——你解脱了。你一点不觉难为情？

克拉夫顿勋爵　我为什么要难为情？我问心无愧。

短暂的热恋，无疾而终，

彼此称心，再好没有。

卡格希尔夫人　　　　你问心无愧。

我很少听人提到自己的良心，除非要说问心无愧。

你付出一大笔钱，摆脱了麻烦，还没曝光。

于是你就问心无愧了。其实呢，

我觉得，你还是那个傻傻的理查德，

还是以前那个样。过去你想装世故。

现在又装什么来着?

我冒昧一猜,老政治家吧。

这老政治家本尊和惟妙惟肖地做老政治家状——

两者之间的差别,几乎可以忽略不计呢。

别说,你还真像那么回事。

甭管扮什么角色,我得说你一直都像那么回事。

克拉夫顿勋爵 再没有角色要我扮了,梅西。

卡格希尔夫人 角色总会有的,一直到最后。

到了讣告里,你还要演,不管谁来写。

克拉夫顿勋爵 你是很久以前认识的我,

我们熟悉的时间也不长,

而你就自信很了解我这个人,

我得说,你的自信出人意表啊。

卡格希尔夫人 理查德,我可是年年跟踪你的发展来着。

尽管我们相识的时间确实不长,

但我们的关系却密切得很,

我觉得足以让我对你了解一二了。

理查德啊,你可别以为我还爱着你;

也别以为你的形象在我这儿完美得不行。

只不过我觉得咱俩有缘……

别怕啊。不过,你那会儿可是撩了我的心——

也许是挠了一把,那触动依然还在。

我也撩了你的。想到咱俩仍然在一起,

怪吓人的；更吓人的是

想到咱俩也许**永远**要在一起。

我好像记得在哪儿读过一句话：

火焰未熄不灭之处。

你知道我都做些什么吗？

我每晚都读你的信呢。

克拉夫顿勋爵　　　　我的信！

卡格希尔夫人　你忘了给我写过信？

唉，也不是很多。值得保留的寥寥几封。

寥寥几封而已。不过真的令人好陶醉！

咱们分手的时候，埃菲说，

"对你价值连城呀，梅西。"

我想，要是上了法庭，

那分量可不轻。难道你都忘了？

克拉夫顿勋爵　有点儿模糊。很煽情吗？

卡格希尔夫人　爱如潮水。想看看吗？

恐怕没法给你看原件，

存在我律师的保险柜里呢。

不过我有影印件，人家跟我说，一模一样。

我喜欢读你的手迹。

克拉夫顿勋爵　　　　这些信你给许多人看过？

卡格希尔夫人　就几个朋友看过。

埃菲说："要是他日后成了名人，

· 144 ·　大教堂凶杀案

而你穷困潦倒，你就把这些信拿去拍卖吧。"

对啊，明天上午我把影印件带来，

念给你听。

——哎呀，皮戈特夫人来了！

冲咱们来了。她这人太可怕！

说起来没完没了。你受得了吗？

如果我马上走开，也许她能心领神会，

明天就不来骚扰咱们了。

早安，皮戈特夫人！

早晨的天可真棒！

[皮戈特夫人上]

皮戈特夫人　早安，卡格希尔夫人！

卡格希尔夫人　　　　　　亲爱的皮戈特夫人！

我怎么觉着您从来就没坐下过呢？

您简直把自己献给咱们了呀。

皮戈特夫人　服侍贵客，卡格希尔夫人，

那是我的立身之本。我就喜欢他们**需要我的感觉**！

卡格希尔夫人　您确实照顾得好极了，皮戈特夫人。

您可真是体贴入微——还善解人意哟。

皮戈特夫人　不过，我该给你们介绍一下。您这是

在和克拉夫顿勋爵，

老政治家　·145·

著名的克拉夫顿勋爵说话。这位是卡格希尔夫人。

两位是我们的贵客！

我过来是要确保克拉夫顿勋爵身心舒泰。

我们不能让他说话累着自己。

他要的是**休息**！

您这就走吗，卡格希尔夫人？

卡格希尔夫人　啊，我知道克拉夫顿勋爵是疗养来的。

我突然想到，要他同时应付咱们俩，

没准够呛呢。再说，

我也该去呼吸训练了。

[下]

皮戈特夫人　其实，看见卡格希尔夫人缠上您，

我就赶紧过来救个场。

所以您上午要喝的酒，

也没按惯例交给护士，我亲自给您带来了。

她那个名字您不会知道，

不过时事讽刺剧里的梅西·蒙特娇，

您也许还有印象吧。

她曾经名气可大了。

今天的年轻人，对她这个名字，

恐怕一无所知。

不过，您和我应该还记得，克拉夫顿勋爵。

她唱的那首歌——《爱我还不晚》，

一度可是人人传唱呢。

妩媚俏佳人啊，我觉得。不过，

不太对您的脾气，也不对我的脾气。

我就猜她想见您来着，

所以我想一有机会，就要提醒她——

当然比较委婉——不要打扰您。

好了，现在人走了。

要是她再来骚扰，尽管通知我。恐怕

这就是名人要遭的罪吧。

　　[莫妮卡上]

　　　　　　　　　啊，克拉夫顿 - 费里小姐！

刚才没看见您。现在我得闪了。

　　　　　　　　　　　　[下]

莫妮卡　看见皮戈特夫人又来烦你，

我就赶紧回来救急。爸爸，

你的样子好累哟。她应该懂些事的呀。

不过，让我更郁闷的是

有个……不太好的消息。

克拉夫顿勋爵　哦，是吗？怎么回事？

莫妮卡 没走几步，

　　我就在边道上遇见了迈克尔。

　　他说一定要见你。怕是出了不好的事。

克拉夫顿勋爵 他开车过来？

莫妮卡 没有，走来的。

克拉夫顿勋爵 但愿他没再出事。你知道，

　　自打他上回闯了祸，我就整天提心吊胆，

　　生怕他撞倒个什么人。

莫妮卡 爸爸呀，你就担心这个？

　　可见你的神经紧张成啥样了。

　　他不过就撞了棵树呀。

克拉夫顿勋爵 没错，是棵树。

　　也没准是个人呢。不过，不可能。

　　否则，他能逍遥法外？兴许是

　　惹了哪个女人谁谁吧。他肯定有一些朋友，

　　不想让你我知道的。

莫妮卡 八成是钱的问题吧。

克拉夫顿勋爵 如果只是又欠了债，

　　我觉得还能容忍。

　　可他人呢？

莫妮卡 我叫他在花园里等着呢，

　　等我先让你有个思想准备。

　　我已经向他说明

医生要你安心静养。他不会大吵大闹。

不过,我看得出,他怕了。

你也知道他怕起来是个什么样。

好生闷气,一点就着。

所以,耐心点儿,好吗?

克拉夫顿勋爵　　　　　　好吧,叫他来。

把事了了。

莫妮卡［喊］　迈克尔!

［迈克尔上］

克拉夫顿勋爵　　　　早上好,迈克尔。

迈克尔　早上好,爸爸。

［停顿一下］

今天天真好!

你在这儿,赶上这天气,我真高兴。

克拉夫顿勋爵　我在这儿,你高兴?你从伦敦开车过来?

迈克尔　昨晚开过来的。在一家客栈住下了,

离这儿大概两英里。地方不大,还不错。

克拉夫顿勋爵　怎么住那儿了?我还以为

你们度假一般不挑那种地方呢。

迈克尔　其实吧,也不是度假。

不过,这家客栈口碑挺好。

老政治家　·149·

虽说是乡村客栈,但饭菜不错。

而且一点也不贵。

克拉夫顿勋爵　你一般不觉得这有什么不错呀。

打算在那儿长住?整个一假期?

迈克尔　其实吧,也不是度假。

唉,这话我刚说过了吧?

莫妮卡　你俩之间能别这么客套吗?

迈克尔,你来找爸要什么你知道;

爸爸也知道你有事求他。让你俩单独待会儿,

也许就能说正事了。

[下]

迈克尔　你知道,想跟你说点儿事太难。

不等了解实情,你就断定该骂的是我,总这样。

上回无辜挨了你的骂,现在我一想就这事。

耿耿于怀。如果你总骂一个人,

这人最后闯了祸,也是顺理成章的事。

克拉夫顿勋爵　你可早就开始闯祸了:

上小学时偷东西,不是被开除过吗?

还是回到正题吧。

你现在又闯祸了。

如果你乐意,我们姑且不问该骂谁,

这样呢，你也不必去指责别人。

你就说出了什么事吧。

迈克尔 呃，我工作没了。

克拉夫顿勋爵 阿尔弗雷德·沃尔特爵士给你弄的那份差？

迈克尔 我都忍两年了。乏味透顶。

克拉夫顿勋爵 工作没有不乏味的，十之八九……

迈克尔 我要干更刺激的事儿。

克拉夫顿勋爵 哦？

迈克尔 我想找个风险更大的事来做。

克拉夫顿勋爵 我敢说你个人搞了点小投机吧。

迈克尔 有几个哥儿们给支招，很灵的。

一直灵验——不过我没采纳。

克拉夫顿勋爵 你采纳的呢？

迈克尔 不太灵，有原因的。

其实就是，要想获利，我得有大把的资金。

要是能多借点儿，没准我就发了。

克拉夫顿勋爵 借？找谁借？

不是……从公司吧？

迈克尔 找了放高利贷的。

一个哥儿们介绍的。凭我的名字，给了优惠：

这也是我这名给我带来的唯一好处。

克拉夫顿勋爵 凭你的名字。怎么个优惠法？

迈克尔 两年之内，不用付一分钱。

利息加在本金上。

克拉夫顿勋爵　这是什么时候的事？

迈克尔　　　　　　　　快两年了。

背了债，时间过得可真快。

克拉夫顿勋爵　还有别的债吗？

迈克尔　　　　　　　噢，一般性债务：

比如，欠裁缝的钱。

克拉夫顿勋爵　　　不出意外。

牛津还那样。

迈克尔　　　那是他们的问题。

他们不寄账单，过后我就忘了。

就因为是你儿子，我才背了债。

就因为你的名字，他们非给我赊账不可。

克拉夫顿勋爵　欠了债，所以你被开除了？

迈克尔　部分原因吧。阿尔弗雷德爵士还来听了汇报。

又做出一副惊骇状。

说他不能留下任何好赌之人。

居然叫我赌棍！他说要跟你通气。

克拉夫顿勋爵　所以你就慌忙赶来这里，

好让我先听你的说法。我敢说

阿尔弗雷德爵士的说法大不一样。

他还说了什么？

迈克尔　　　　　　老一套呗。

活像个小学校长。还像我在牛津的导师。

"辱没家风，不肖子。"无非这种。

他说，他不想声张这事，全是看你的面子。

我告诉你吧，

做名人的儿子可不是闹着玩的。

你不知道我在办公室里遭了多大的罪。

首先，人人都知道，那工作是为我而设，

就因为我是你的儿子。都觉得我是个多余人。

都知道我不可能靠工资吃饭。

一个个尽拿我开心——有时我明明无事可做，

却都装模作样，说我辛苦坏了。

就连勤杂工也跟我皮笑肉不笑呢。

我都不知道，这么久我是怎么熬过来的。

克拉夫顿勋爵 你的缺点就这些了？

阿尔弗雷德爵士还有别的难听话吗？

迈克尔 喔，还有一条：他说

我跟一个姑娘太过亲密。他以为

我和她不知怎么着了呢，

其实没到那一步。

克拉夫顿勋爵 也许已经不知怎么着了，只是你不愿承认。

迈克尔 唉，毕竟，她是唯一对我好点儿的人。

人嘛倒也不是很带劲儿，消磨时间罢了。

要是早给我安排点儿有意思的活，

这事压根儿不存在!

克拉夫顿勋爵 现在你打算怎么办?

迈克尔 我想出国。

克拉夫顿勋爵 你想出国?

嗯,想法倒是不错。离开英国,

找个自治领待上几年,没准你就起来了。

我有些关系,至少是业务往来,

差不多到处都有。

澳大利亚——不行。

那儿我认识的人都在城市。

荒天野地更对你的性子。

去西加拿大如何?

或者到新西兰放羊去?

迈克尔 放羊?天哪,不要。

那可不是我想干的事。我要赚钱。

我要靠自个儿混出名堂来。

克拉夫顿勋爵 可你想做什么呢?想去哪儿?

你觉得自己想要个什么活法?

迈克尔 我就想自己的生活自己过,

按我自己的好坏标准,

照我自己的是非观。我想走得远远的,

到个谁也没听说过

克拉夫顿名字的国家去。

或者，如果我在哪儿改了名——

没准我就会这么干——

那儿也没人知道或在意我以前叫啥名。

克拉夫顿勋爵　这么说，你是准备和家庭断绝关系，

一点儿继承也不要？

迈克尔　我有啥可继承的？你那个爵位，

我知道你为啥要它。妈妈也知道。

首先，有了它，你就可以体面地退出政坛，

因为别人不再需要你了。其次，

你希望成了克拉夫顿勋爵，

就可以和妈妈的家庭一较高下，

其实，是压他们一头。我毫不怀疑，

想到能把你的名和爵位传给儿子，

你那个心满意足啊。可这不是为了**我**！

我只是你的儿子——也就是说，

是你生命的一种延续，在你不在的时候，

代表你继续行事。你是把这强加于我，

我为啥还要谢你？我不知道，

等你进了坟墓，这会给你多大的满足？

如果人死后还有知觉，我敢说，

你会倍感诧异。可怜的鬼啊！

算完了得失，不禁疑惑：

那些个琐屑，当初何必较真？

老政治家　·155·

克拉夫顿勋爵　这么说，你要我帮你逃离你的父亲！

迈克尔　也帮我的父亲甩掉**我**。

　　你根本就不知道，一旦我出了国，

　　你的生活能美成啥样。

　　我想要的就是乘机出国去，

　　找人合伙干点儿有意思的事。

　　只是，人家可能以为我该有点儿本钱吧。

克拉夫顿勋爵　你想做什么生意？

迈克尔　呃，我也说不好。进出口吧。

　　一进一出，都有得赚。

克拉夫顿勋爵　迈克尔啊，我会帮你的。

　　不管你要做什么，只要经过调查，

　　生意的性质过得去，

　　我都会帮你起步。

迈克尔　反正我铁了心要离开英国。

克拉夫顿勋爵　迈克尔！你想走——除了你说过的原因，

　　还有别的什么吗？不是因为……出了人命吧？

迈克尔　出人命？为什么会出人命？哦，你是说在路上。

　　当然没有啦。我车技好着呢。

克拉夫顿勋爵　还有呢？那个姑娘呢？

迈克尔　　　　　　　　　　我又不傻，

　　不会惹上悔婚的官司，

　　也不会搞得谁要离婚。那个姑娘——

· 156 ·　大教堂凶杀案

还是别的谁，你大可不必瞎操心。

我就是想出去。英国我腻了。

克拉夫顿勋爵　这肯定不是你的心里话。不过呢，

想去国外待几年，也很自然。

没准你就立起来了。不过，

如果动机不是出自雄心抱负，

只是想逃避，那我可不喜欢。

迈克尔　　　　　　　　　我不是逃避。

克拉夫顿勋爵　当然，不是逃避司法——

而是逃避现实。迈克尔啊，

你要是有个远大志向、出人头地的梦想，

我会非常乐意助你一臂之力。

哪怕你因而永远不在我身边，

去饱受热带阳光的常年晒烤，

或在北极的寒夜里瑟瑟发抖。

迈克尔，相信我：

逃避过去的人永远是输家。

这是我的经验之谈。等你实现了目标，

以为自己功成名就、风光无限时，

你会发现自己过往的失误

在那儿等着你呢。

迈克尔啊，我活着可全是为了你们——

你和莫妮卡。要是我再活二十年，

老政治家　·　157

知道我的儿原来是个懦夫，

那我这二十年岂不成了行尸走肉？

迈克尔　很好：想叫就叫，叫我懦夫吧。

但不知，如果你换作我，

会不会还充英雄好汉。我觉得你不会。

你可不像我，没有那种压力。

你爸有钱，可算不上人物。所以，

你没啥榜样立在那儿。

那些个行为规范，你一直极力推崇，

说是对我有好处呢。但不知

你自己是否一直照着做来着。

[没人注意，莫妮卡已经上来了]

莫妮卡　迈克尔！怎么跟爸说话呢？

爸爸呀！这是怎么了？你怎么气成这样？

我知道迈克尔一定惹了大麻烦。

你就不能帮他一把？

克拉夫顿勋爵　　　我想帮他来着，

想看他有什么打算，再拉他一把。

我已经给他提了建议，要他好好想想。

他若出国，我希望他是另一副精神面貌，

而不是老样子。

莫妮卡　迈克尔！说话呀。

迈克尔　　　　　　有什么可说的？

　　　我想离开英国，自谋职业。

　　　可爸爸就说我是懦夫。

莫妮卡　爸爸呀！你知道，为了你，我死都行。

　　　唉，这话听上去好傻！可家人之间，

　　　爱是无法言语的。你活在其中，

　　　却不加留意，但这爱却影响其他一切，

　　　表达一切其他的爱。

　　　大爱无声。

　　　　　　对你们，我能说什么呢？

　　　爸爸，不管迈克尔干了什么；

　　　迈克尔，不管爸爸说了啥，

　　　你们都要互谅互爱。

迈克尔　假如老爸需要过爱，我也会给他。

　　　可是，莫妮卡，他从没要过我的爱。

　　　你知道，对你我一直很喜欢——

　　　其实，我是很重感情的人。

　　　可……

[卡格希尔夫人拿着公文包上]

卡格希尔夫人　哎哟，理查德！没想到你还在这儿。

我回来是想找个僻静地儿，读读你给我写的信。

不过，碰上家庭小聚会，太好了！

我知道你们都是谁！你，当然是莫妮卡。

这位呢，一定是你弟弟——迈克尔。

我没说错吧？

迈克尔　　　没错。

不过……

卡格希尔夫人　我怎么知道的？那是因为你爸

在你这个年纪，就是你这样。理查德，

他简直就是你的翻版。你是不会给我们介绍的，

我还是自己来吧。我就是梅西·蒙特娇！

这对你们当然没什么，孩子们。

时事讽刺剧——梅西·蒙特娇领衔主演，

那是八百年前的事了。而今我是约翰·卡格希尔夫人！

理查德，你这两个孩子可真绝：

莫妮卡一点不像你，可迈克尔——

我认识你爸还是许许多年前，

现在他可是模样大变。不过，

他那会儿就你现在这样。

你爸和我曾经可是老相好哟。

迈克尔　他真的像我？

卡格希尔夫人　你声音像他！动作像他！真不可思议。

还有那身魅力！理查德，你一身魅力全落他身上了。

不承认不行啊。哎,这来的是谁?

是这儿的新客。冲咱们招手呢。

认识他吗,理查德?

克拉夫顿勋爵　　　　过去的一个熟人。

卡格希尔夫人　太有意思了!他身材很棒,

长得有些异国情调。外国人吗?

克拉夫顿勋爵　中美洲什么地方来的。

卡格希尔夫人　好浪漫哟!我想会会他。

他过来跟咱们有话说。你得介绍一下。

[戈麦斯上]

戈麦斯　早安,狄克。

克拉夫顿勋爵　　　早安,弗雷德。

戈麦斯　没想到我会到这儿跟你会合吧?

你在这儿疗养。我就说服医生,

我也需要疗养。听说你选了巴基利会所,

我就对医生说,"那儿怎么样?还有更好的吗?"

于是,他就把我送这儿来了。

卡格希尔夫人　　　　哦,最近你们见过?

理查德,我觉得你可以给我们介绍一下。

克拉夫顿勋爵　嗯。这位是……

戈麦斯　　　　　圣马可国杰出公民,

老政治家　·　161

你的老友弗雷德里克·戈麦斯。

这就是我的名。

克拉夫顿勋爵 那么，就让我用这个名——

把你介绍给——约翰……约翰……

卡格希尔夫人 约翰·卡格希尔夫人。

戈麦斯 狄克，咱们的姓好像有点儿厌哦！

卡格希尔夫人 您瞧，戈麦斯先生，

克拉夫顿勋爵和我——我们

刚成朋友那会儿，大家知道的是我的艺名。

曾几何时，伦敦谁人不知

演时事讽刺剧的梅西·蒙特娇啊。

戈麦斯 如果梅西·蒙特娇一如卡格希尔夫人

这般美丽动人，她在舞台上

大放光彩也是理所当然。

卡格希尔夫人 哦，您从未见过我？

遗憾啊，戈麦斯先生。

戈麦斯 我和英国的事断了联系。

要是我在伦敦，处在狄克的位置，

我早成您的铁粉了。

卡格希尔夫人 《爱我还不晚》——

这是我的成名曲，戈麦斯先生。

戈麦斯 永远不会太晚。对吧，狄克？

——这位小姐，我想是你女儿吧？

而这位就是贵公子了?

克拉夫顿勋爵 我儿子迈克尔,

我女儿莫妮卡。

莫妮卡 您好。

迈克尔!

迈克尔 您好。

卡格希尔夫人 您认识克拉夫顿勋爵不会比我早吧,

戈麦斯先生?

戈麦斯 亲爱的夫人,我跟狄克·费里

可是老交情,非您可比。

我们在牛津就是朋友。

卡格希尔夫人 啊,您上过牛津呀!

难怪您英语说得这么地道。

当然了,从长相看,您应该是西班牙人。

我喜欢西班牙人。他们很有贵族气。

不过,我们以前怎么从没见过呢?

您跟理查德在牛津是朋友,

而之后不久,理查德和我就成了相好,

对吧,理查德?

戈麦斯 我想那是我离开英国以后的事吧。

卡格希尔夫人 当然啦,这就对了。牛津毕业后,

我想您是回……您家在哪儿呢?

戈麦斯 圣马可共和国。

老政治家 · 163

卡格希尔夫人　　　　　回到了圣马可。

戈麦斯先生,如果您真是待在巴基利会所,

我可提醒您——那我可要好好盘问您了,

您得把理查德在牛津时的一切

都说与我听。

戈麦斯　　　有个条件:

您也把认识狄克时他的一切都说与我听。

卡格希尔夫人 [拍拍公文包]　交换秘密,一件对一件,

戈麦斯先生!您先出牌!

莫妮卡　爸爸,我想你该休息了。

——我得说明一下,医生强烈要求

我父亲每餐前

必须休息静养。

克拉夫顿勋爵　　可迈克尔和我还得接着谈呢。

今天下午吧,迈克尔。

莫妮卡　不行,我觉得今天你话说得够多了。

迈克尔,你住得这么近,明天上午再来吧?

早饭以后好吗?

克拉夫顿勋爵　对,明天上午过来。

迈克尔　　　　　　　　　好吧,我明天上午来。

卡格希尔夫人　你就住附近吗,迈克尔?

你爸跟我可是老交情啊,

叫你迈克尔好像挺自然。

你不介意吧?

迈克尔　　　　没关系。

我住在乔治饭店——离这儿不远。

卡格希尔夫人　那我陪你走一段吧。

迈克尔　太好了,真是。

戈麦斯　　　　度假呢?

在伦敦工作吧?

迈克尔　不是度假,不是。一直在伦敦上班,

不过我想放纵一把,到国外去。

卡格希尔夫人　这事你得跟我一五一十说说。没准我能给你些建议呢。

理查德,咱们这就走了。再见,莫妮卡。

戈麦斯先生,您说话可要算数哟!

[卡格希尔夫人与迈克尔下]

戈麦斯　好了,狄克。咱们得听医生的话。

不过呢,住在这儿,咱们可得好好聊聊

过去的事。回见。

[下]

莫妮卡　爸爸,这些人太讨厌了。这儿不能待了。

我要你躲他们远点儿。

老政治家　·165·

克拉夫顿勋爵 　　　　我想躲的
是我自己，是过去。真是懦夫一个，
也说要躲了！好个伪君子！
几分钟前，我还跟迈克尔理论呢，
叫他不要逃避自己过去的错：
我说我有教训。可要教人的东西，
我自己明白吗？好吧，再从头学过。
迈克尔和我一起去上学。
我们并肩坐在小课桌前，面对同一个先生，
接受同样的羞辱。可我还有时间吗？
迈克尔还来得及。对我会不会太晚了呢，莫妮卡？

　　　　　　　　幕　落

第 三 幕

背景同第二幕。翌日傍晚。莫妮卡独自一人坐着。查尔斯上。

查尔斯 喂，莫妮卡，我来了。希望我的口信你收到了。

莫妮卡 啊，查尔斯，查尔斯，查尔斯。你可来了，太好了！
我都急死了，还有点儿怕。
你早晨打来电话，他们居然找不到我，
真是气死人。我一直渴望能听到恋人的声音，
感受爱抚，却偏偏不能，反倒便宜了
皮戈特夫人！噢，查尔斯，
我想死你了！我正**需要**你呢。

查尔斯 亲爱的，我就想知道你需要我。
在伦敦的最后一天，你承认爱我。
可我疑惑……对不起，我不禁有些疑惑
你的话有几分当真。那时你好像并不需要我。
你说咱们没订婚呢……

莫妮卡 现在订婚了。
至少**我**订了。我要永远和你在一起。

查尔斯 必须再逛一次街，血拼一场！

不过，亲爱的，早晨接到你的信，

说你父亲和迈克尔，还有过去跟他有关系的那些人，

我就一直在想怎么才能帮他一把。

如果是敲诈——看起来很像，

你觉得我能让你父亲跟我实话实说吗？

莫妮卡　说什么呢，查尔斯！怎么会有人来敲诈我爸？

我爸可是天底下最耿介刚正的人；

最是克己奉公。这怎么可能啊。

说我爸的过去有阴私！

我简直无法想象。

[克拉夫顿勋爵悄无声息上]

莫妮卡　爸爸呀，真没想到你会从**那边**过来！

我还以为你在屋里呢。去哪儿了？

克拉夫顿勋爵　没走远。在那棵山毛榉大树下站了会儿。

莫妮卡　干吗要在山毛榉树下呢？

克拉夫顿勋爵　　　　　　　　我感觉像被拽了过去。

没关系。我听到你们说起阴私来。

这世上有许多事啊，莫妮卡，

也够不上犯罪，全在法律管辖外，比如：

一时的失误、无心的偏差、鲁莽的放弃、

难以解释的冲动、前一分钟做下

后一分钟马上后悔的事、极力想对

世人隐瞒的事。查尔斯·黑明顿，

你这一生就没有想忘却的事吗？

没有你想一直隐瞒的事？

查尔斯 当然有我乐意忘掉的事，先生，

确切地说，我希望从未发生过呢。

我的有些事你还不知道，莫妮卡；

不过，想对你隐瞒的事一件没有。

克拉夫顿勋爵 要是你没有，确实没有不能对

莫妮卡说的事，你就什么问题也没有。

你们彼此相爱——这我看在眼里，不劳旁人相告！

如果有事你觉得千万不能让世人知道，

对**她**却无所隐瞒——你的灵魂就是安全的。

谁如果能有一人，一生能有这么一位，

他愿意对其袒露一切——注意了，不仅有作奸犯科，

不仅有卑鄙堕落、猥琐怯懦，

还包括他装痴卖傻——谁没有过呢？——

装痴卖傻时的种种荒唐——谁有这么一位，

那么他对那人就是爱了；他也因爱而得救。

我只怕谁也没爱过呢，真的。

不，我的莫妮卡，我爱——只是有个障碍在：

如果你和比你孩子大的人从未平等坦诚相见过，

那么，你和自己的孩子也不可能坦诚相见。

老政治家 · 169

孩子小的时候，你无法跟她袒露自己。
等她长大成人了，你早编出子虚乌有这张网，
把自己裹了起来！我这辈子都在想法
忘掉自己，想把自己变成我扮的角色。
装得越久，越难扔下行头，走下舞台，
换上自己的衣服，说自己的话。
于是，我就成了莫妮卡的偶像。
她崇拜我扮的角色。要是她见演员走下舞台，
脱了戏服，卸了装，也不说台词了，
我怎能肯定她还会爱他？莫妮卡！
我是装模作样骗了你的爱。现在我也装腻了。
不过，等你知道了爸爸是个什么人——
其实是个失败的演员，
我希望在你心里对他还能存有一丝的爱。

莫妮卡　越了解你，爸爸，我只会更爱你。
我应该更能理解你。
查尔斯那儿没什么我害怕知道的事。
你这儿也没什么我不敢知道的事。

查尔斯　莫妮卡跟我说您这儿还住了两位，
嚷嚷着早就认识您。我就在想，
先生——恕我冒昧——我在想，
如果是来敲诈，我在法庭打官司时
倒是见过一些。我肯定能帮上忙。

莫妮卡　　　　　　　　　　　　爸爸呀，让他帮忙吧。

查尔斯　　至少，我想我知道找谁咨询最合适。

克拉夫顿勋爵　　敲诈？是啊，这个词，我先前听人说过，

也没几天。我问他要什么，他说，

嗨，这叫什么话？我啥也不要，

只要你的友情和陪伴。

男的是阔佬，女的是富婆。

要是人家讹你，就为要你陪伴，

只怕法律也管不着吧。

查尔斯　　　　　　　　那您又何必顺从呢？

干吗不离开巴基利，躲开他们？

克拉夫顿勋爵　　因为在这儿的并非他们真人，查尔斯。不过鬼魂罢了：

我的过去留下的鬼魅，一直跟着我，

直到最近，我才发现折磨我的鬼

现出形来是个什么样：人而已——

恶毒、猥琐。我还发现自己摆脱了

幽灵般的缥缈，好像到了现实里。

莫妮卡　　可这些鬼意味着什么呢？你这些年

憋在心里，不言语。妈妈知道吗？

克拉夫顿勋爵　　你母亲一无所知。我不了解你母亲，

这我知道；她同样也不了解我。

当时我就觉得她理解不了，或者说，

一旦知道了萦绕在我心头的鬼，她会吃醋。

老政治家　·　171

我现在还这么看。明明知道话不投机，

　　如何敞开心扉？既然宽恕无望，

　　又怎么去忏悔？问题也不在她。

　　我们彼此谁也不懂谁。就这么过着，

　　默默无语相向。她就默默无语地走了。

　　她对我无话可说。

　　我想起你母亲临走时的样子：

　　生无可恋；身后如何，漠不关心。

莫妮卡　现在就打破沉默吧！把你的心魔告诉我们！

查尔斯　可他们也就是人而已，可以对付。

莫妮卡　或者说几个鬼而已，可以赶走！

　　他们是谁呀？在你的生活里都代表了啥？

克拉夫顿勋爵　……不过，他俩却都因祸得福。

　　他说的就是这意思，

　　　弗雷德·卡尔弗韦尔……

莫妮卡　　　　　　　弗雷德·卡尔弗韦尔？

　　谁是弗雷德·卡尔弗韦尔？

克拉夫顿勋爵　　　　没这个人了。

　　他现在叫费德里克·戈麦斯，中美洲人。

　　发家致富，手段别具一格，

　　在他移居的那个国家里，

　　地位显赫，举足轻重。

　　他甚至让两个儿子继承父业，也发了。

假如没有认识我，**他**会怎么样呢？

英国中部内陆，一所偏远的文法学校——

校长而已。

至于梅西·巴特森……

莫妮卡　　　　　　梅西·巴特森？

谁是梅西·巴特森啊？

克拉夫顿勋爵　　　没这个人了。

音乐喜剧明星——梅西·蒙特娇也不存在了。

只有约翰·卡格希尔夫人，有钱的寡妇。

但是，弗雷德·卡尔弗韦尔和梅西·巴特森，

还有狄克·费里，还有理查德·费里——

这些就是我的魔。都是良善之辈，

与戈麦斯、卡格希尔夫人和克拉夫顿勋爵——

与这三位本来或许大相径庭呢。

在牛津时，弗雷德崇拜我。

我拿他的崇拜干了什么呢？

我一手把他养出了品味——他撑不起的品味。

于是他伪造文书。于是他下狱服刑。

这人不经诱惑——责任在我吗？

是的，责任在我。

我们每每忽视的一点是，

那些崇拜我们的人，不仅学我们的好——

或者说，崇拜什么就学什么——

老政治家　·　173　·

同时也学我们的坏！由此

　　或许又助长了他们天生的毛病。

　　梅西爱我，不遗余力地爱——

　　只顾自己的情，昏天黑地。

　　可遇上了爱，我们就该郑重以待，

　　即便那是虚荣、自私的爱，也不该伤害。

　　我就在这儿栽了跟头。

　　想起来就懊恼不安。

莫妮卡　　即便如此，这两人也不能整你呀。

　　我们不能不管。他们能把你怎样？

克拉夫顿勋爵　　也就是知道点儿丑事、丢脸的事……

莫妮卡　　那好，爸爸，你应该把他们知道的事也告诉**我们**。

　　恨你的人都一清二楚的事，

　　你干吗要对爱你的人隐瞒呢？

克拉夫顿勋爵　　　　　　　　　　我就简短截说吧。

　　先说弗雷德里克·卡尔弗韦尔。

　　他再度闯入我的生活，是要提醒我一件事。

　　他很清楚，这件事一直压在我心头，挥之不去。

　　有天夜里，我开车回牛津，带着两个姑娘。

　　走的是一条辅路。有个老人躺在路上，

　　我从他身上压过去，没停车。

　　后来，又一个人开车压过去。是个卡车司机。

　　他停了下来，然后被抓。不过后来又给放了。

有确凿证据表明，老人是自然死亡，
　　然后才被车压了。
　　我们车轮碾过的只是一具尸体，
　　所以谁也没有撞死他。只是，**我**没停车。
　　结果，后来一辈子，在半睡半醒时分，
　　有时冷不丁就会听到一个声音低语："你没停车呀！"
　　我知道谁的声音：弗雷德·卡尔弗韦尔的。

莫妮卡　可怜的老爸呀！憋了一辈子！无人可以诉说。
　　我以前真不知道你有多孤独，
　　或者说，你哪儿来的孤独。

查尔斯　　　　　　　　再说卡格希尔夫人：
　　她抓了您什么把柄呢？

克拉夫顿勋爵　　　　我是她的初恋。
　　本来要娶她的——可我父亲不让：
　　让她嫁我不成也不亏——他这么说的——
　　当然了，让我娶她不成也不亏。
　　其实呢，我们彼此完全不合适，
　　但她身上有一股特别的娇媚，
　　别的女人谁也比不了。她知道这一点。
　　也知道过去那个男人的魂
　　依然缠在那个叫梅西的女人的魂上。
　　要是我们结合了，应该过的是穷日子，
　　肯定要吵架，都不开心，没准都离了呢。

老政治家　·　175

可她就是忘不了我,或者说没有原谅我。

查尔斯 这男人,还有这女人,报复心可真强:

您没看出来吗——他们和您一样,都错了,

而且还心知肚明?他们满心急着报复,

原因就在这儿——这是开脱自己的法子。

人有伤心事,要说就说吧,

让他们窃窃私语去。伤不着您。

克拉夫顿勋爵 你的话没错。不过在这儿不相干。

他们俩各自记得我跑过一次。好吧。

现在我不跑了——不躲**他们**了。

我就借着这次会面,把他们一举甩掉。

我已经在你面前悔过了,莫妮卡:

这是我走向自由的第一步,

兴许还是至关重要的一步。我知道你怎么想的。

你觉得我的良心不安有些病态,

老在那儿琢磨自己兴许完全可以忘掉的错。

你以为我有病,其实,我正康复呢!

很难让人意识到,他们眼里琐屑的事

其实相当重要;更难的是你要忏悔的

不是人人都能理解的刑事犯罪,

而是谁也不以为意的道德罪过。

刑事犯罪是法律的事,

道德罪过则是罪人的事。

过去的五分钟前后可大不一样，

关键并非在我的罪孽何等深重，

而是在于我的忏悔。在你面前，

莫妮卡，只在你的面前。

查尔斯 您说的这些都对。

可您打算怎么办呢？您要在这儿待多久，

克拉夫顿勋爵？这种迫害您要忍到几时？

克拉夫顿勋爵 到最后吧。解脱的时间和地点，

我想已经定了。咱们就不再说了。

这时间，我肯定他们正密谋怎么对付我呢。

瞧，卡格希尔夫人过来了。

莫妮卡 咱们走吧。

克拉夫顿勋爵 就待这儿。让她过来吧。

[卡格希尔夫人上]

卡格希尔夫人 我到处找你呢，理查德！

有个非常劲爆的消息要告诉你！

不过，我猜……不会错吧？

没错，肯定没错，莫妮卡！

看你今天这副表情，我就知道

这位一定是你的未婚夫了。介绍一下吧。

莫妮卡 查尔斯·黑明顿先生。卡格希尔夫人。

老政治家 · 177 ·

查尔斯　您好。

卡格希尔夫人　　　　多好听的名字啊！

查尔斯　我的名字得到您的赞赏，真是开心，卡格希尔夫人。

卡格希尔夫人　向您道喜了，黑明顿先生。

您能得到莫妮卡这样的姑娘，有福啊。

我对她的前程有浓厚的兴趣。

吃惊不是？认识她不过两天，

可我觉得已经拿她当女儿看了！

不妨说我差点儿就成了她母亲呢！

她父亲和我可是老相识了，

我还差点儿就嫁了他。

唉，陈年往事啦。所以呢，黑明顿先生，

我就把她当成了养女。这样一来，

再叫您黑明顿先生好像怪怪的。

我就叫你查尔斯吧！

查尔斯　　　　　您随便，卡格希尔夫人。

克拉夫顿勋爵　你说有劲爆的消息要告诉大家。

说来听听吧。

卡格希尔夫人　是小亲亲迈克尔的事。

克拉夫顿勋爵　哦？迈克尔怎么了？

卡格希尔夫人　　　　　　他把他的事全跟我说了。

你误解了他，他很难过，理查德。

他一定痛苦死了！于是呢，我就动了脑子。

· 178 ·　大教堂凶杀案

我知道，你一直认为我这人没脑子，

不过，偶尔我也能冒出一两个主意来。

迈克尔要重新起步，他真正需要的是什么——

我到底给琢磨出来了。他想出国！

想自己闯一条路。这很自然呀。

于是，我就想，干吗不找戈麦斯先生呢？

他有钱，在他的国家是个人物。

还是迈克尔父亲的朋友呢！

结果我发现他可乐意帮忙了。

克拉夫顿勋爵　那么，戈麦斯先生有何高见？

卡格希尔夫人　哈！我来就是让你有个准备，到时可别吓着了。

小亲亲迈克尔可高兴啦——他的问题全解决了。

可怜的小羊羔，人都蒙了。咱们一起庆祝一下吧。

[戈麦斯与迈克尔上]

克拉夫顿勋爵　我说，迈克尔，你知道今天上午我在等你，

可你影子也不见。

迈克尔　　　　不是的，爸爸。我跟你解释。

克拉夫顿勋爵　我听说，你先跟卡格希尔夫人，

后来又跟戈麦斯先生谈了你的问题。

迈克尔　爸爸，先前跟你说我想出国，

你就是不明白我的想法。你在伦敦这儿

老政治家　·179·

给我找了事做，我干吗还要绕过大半个地球，

去干一模一样的事？是想换个阿尔弗雷德爵士，

让他以我的道德监护人自居，给你打小报告？

是要找个什么地方，让人人都耻笑

从伦敦来的家伙——一个因人设岗、

靠家里汇款混日子的英国佬？

没有的事！我想去个能自己闯荡的地儿，

而不仅仅做你的儿子。戈麦斯先生就明白这一点。

你要懂不起，他懂。

他给了我一份工作，正是我想干的事。

克拉夫顿勋爵　　没错，戈麦斯先生替你专设一事，

我明白其中的利益……

迈克尔　　　　　　　不是为我设的。

戈麦斯先生来伦敦想找个做事的人。

他觉得我正合适。

戈麦斯　　　　　是啊，巧了。

克拉夫顿勋爵　　你可不就是戈麦斯先生想要的人嘛，

不过，可不是你以为的那种合适，

背后的原因也不是你想的那样。

还是我来给你说说戈麦斯吧。

他倒不大可能要做你的道德监护人。

他真名叫卡尔弗韦尔……

戈麦斯　　　　　亲爱的狄克，

你这是老调重弹，浪费时间啊。

迈克尔早知道了。我亲口告诉他的。

我觉得在他听到你的片面之词前，

还是先从我这儿了解实情为妙。

不过，狄克，你含沙射影，

说我做不了迈克尔的道德监护人，

这话我听着不爽。非我莫属嘛！

简直就是量身定做。狄克，想想看，

你曾经还是**我的**道德监护人呢——

即便你分明比我还要**孟浪**点儿。

克拉夫顿勋爵　要说这事，弗雷德，你可在浪费**你的**时间了：

我女儿和我未来的女婿，

他们明白你话里的意思。

先前，他们对我们的……近乎疑惑不解，

我就跟他们解释，把事都说了。

卡格希尔夫人　　　　　　　　啊，理查德！

你也跟他们说了咱俩近乎的事吗？

克拉夫顿勋爵　说了。

卡格希尔夫人　　　　我的浪漫史哟。

那时候，你爸这人简直**无法抗拒**。

他第一眼看我，我就化了！

改天，莫妮卡，我全告诉你。

莫妮卡　您的事，卡格希尔夫人，我知道的，已经让我心满意足了。

卡格希尔夫人　我那时可是风情万种啊。

戈麦斯　这一点，我们确信无疑！

您现在都还万种风情呢，

我们完全可以想见您在……那时您多大来着？

卡格希尔夫人　才十八呀。

克拉夫顿勋爵　我说，迈克尔，

戈麦斯先生说他跟你说了他的事。

他提到蹲监狱这档子事吗？

迈克尔　他什么都跟我说了。他跟你打过交道，

所以特能理解我的难处。

克拉夫顿勋爵　所以就编了个差，

说他到伦敦找人来了。

迈克尔　这我无所谓。反正他给了我份工作，

挣得不老少，还有回扣可拿。

他在那儿发了财。我就去圣马可了！

克拉夫顿勋爵　你的职责是什么？你知道吗？

迈克尔　还没细谈。以后再说。

戈麦斯　最好等咱们到那儿再说。

圣马可的事在圣马可说，

要比在英国说得明白。

克拉夫顿勋爵　也许你打算把名字改成戈麦斯？

戈麦斯　哎哟，大可不必，狄克，好名字多着呢。

莫妮卡　迈克尔呀，迈克尔，你可不能不要家，

连自己也不要了——那可形同自杀。

查尔斯　迈克尔，你觉得戈麦斯先生是一番好意——

迈克尔　我跟你们说过了呀，他是来伦敦物色人的，

他手下空个要职……

查尔斯　这工作的性质还模糊得很。

迈克尔　告诉你吧，机密。

查尔斯　　　　　　　可以想象：

高度机密……

戈麦斯　　　　　当心了，律师先生。

您应该对诽谤罪略知一二吧？

卡格希尔夫人在此。可靠的证人。

查尔斯　造谣诽谤罪的条文我很清楚，

我知道您不大可能拿来一用。

迈克尔，还有一点要考虑：

戈麦斯先生给你在圣马可找了一份工作；

戈麦斯先生替你支付车船费……

迈克尔　　　　　　　　　还预支工资。

查尔斯　戈麦斯先生替你支付车船费……

戈麦斯　　　　　　　　　一如许多年前，

他爸爸替我付费。

查尔斯　　　　这样偿还旧情

无疑让您心满意足？

戈麦斯　　　　　没错，还清旧账

总是一件开心的事。晚还总比不还好。

查尔斯　我明白您的想法了。迈克尔，

这个人打算通过你，来发泄他一辈子

对你父亲的怨。你真能信他吗？

记住了，他这人，你并不了解；

他干的什么事，你也一无所知，

而你就把自己完全交给了他。

你唯一可以肯定的是，

他伪造文书坐过牢。

戈麦斯　好了，迈克尔，你怎么回答？

迈克尔　我要说黑明顿的脸可真厚。戈麦斯先生和我

把事情都谈透了，黑明顿……

戈麦斯　我们俩都是老于世故之人，我们谈起事来

开诚布公。可以告诉您，迈克尔的脑袋没进水。

他有脑子，有本事。等他回来时，

能把您赎买不知多少回呢。

卡格希尔夫人　理查德，我觉得现在该**我**说两句了。

我的先夫，卡格希尔先生，是个商人——

真希望您能认识他，戈麦斯先生。

你们在某些方面非常相像——

所以啊，生意上的事我懂。

卡格希尔先生就这么对我说过。

这么说吧，迈克尔做生意是把好手。

我看出来了。戈麦斯先生也看出来了。

可怜的孩子，他一直不顺，灰心丧气了。

其实他一直在等个机会，施展才能。

而现在，机会呀，机会上门来了。

理查德，你可不能挡他的道。丢人。

克拉夫顿勋爵　我挡不了他的道，这你很清楚。

迈克尔是个自由人。他要是下定决心，

把自己交给你，弗雷德·卡尔弗韦尔，

是自觉自愿卖身为奴，我挡也挡不住。

你走之前，迈克尔，我还有几句话要说。

尽管你不接受我，但我永远不会不认你。

我现在清楚地意识到，我这一生犯了许许多多的错，

而且一错再错，以错纠错，用的手段也是同样的错。

我明白，你母亲和我——我们谁也不理解谁——

又都误解了你，她是那样，我是这样。

想起你小时候，想起那个叫迈克尔的快乐小男孩，

想起你的童年和少年时代，再看到为你健康成长

所做的一切努力反而相抵互消，

我除了哀伤、内疚还能怎样？

莫妮卡　迈克尔啊，记住了，我只有你这一个弟弟，

你也只有我这一个姐姐。你过去一直不怎么在乎我。

一起长大期间，我们很少共同的朋友。

我还以为就这样呢。现在才知道，

有个弟弟对我多么重要。

迈克尔　当然啦,莫妮卡。你知道对你我好喜欢,

尽管我们好像真的没有多少共同点。

还记得常在放假回到家,看见你总坐那儿

埋头啃书,我就气不打一处来。

有一次,妈妈夺了你的书,扔到火里。

我都笑死了!你好像连打情骂俏都不愿。

我那帮朋友就常拿我这个书呆子姐姐来涮我。

不过,尽管这样,我对你还是好喜欢,永远好喜欢。

我们不常见面,不过,如果彼此喜欢,

那对你我的生活未必有影响。

莫妮卡　嗨,迈克尔,我说的话,你一点没明白。

你当然要过自己的日子,就像我要过我的。

问题不在你要出国,而在于你执意如此

是缘于什么心态:要是你想跟爸爸和家庭断绝关系,

那么,你我之间还剩什么呢?

迈克尔　　　　　　　　这没关系呀。

你还会见到我的。

莫妮卡　　　　可再见你的时候,

你是谁呢?不管那时你是谁,

我就只当还是同一个迈克尔。

查尔斯　你什么时候离开英国?

迈克尔　　　　　　　　有船就走。

还得买身行头去。我们正要去伦敦呢。

那边的气候要备些啥,戈麦斯先生会关照。

你瞧,轮船公司他有朋友。他觉得他们

可以帮忙订到票。

卡格希尔夫人 太好了,戈麦斯先生,您一出手,**全**妥了!

——我刚提个建议,他就全给筹划好了!

真是灵光一现——我是说,我的主意。

你在听我说吗,理查德?

你这样子**心不在焉**得很。你该激动才是啊!

克拉夫顿勋爵 这就道别了吗,迈克尔?

迈克尔 噢,也说不定。

可能会再来看一眼,要是这样还有意义。

就我个人来说,我觉得一旦下定决心,

不妨立马道别完事。

克拉夫顿勋爵 是啊,你要走,我又没法拦你,

那么我和你意见一致,越早越好。

我们也许再不见面了,迈克尔。

迈克尔 为什么呀?

戈麦斯 满五年后,他可以第一次休假。

迈克尔 嗯……没什么要说了吧?

克拉夫顿勋爵 没了。

迈克尔 那咱们就走吧。

戈麦斯 对,咱们就走吧。

狄克，最终你会感激我的。

卡格希尔夫人 理查德，要解决儿子的问题，

做父母的未必合适。有时候，一个外人，

一家人的朋友，倒是看得清楚些呢。

戈麦斯 倒不是我有啥功劳。

也就是回到英国，赶巧能助一臂之力。

咱们只能说这是运气。

卡格希尔夫人 真是天意啊！

莫妮卡 再见，迈克尔。你会让我给你写信吗？

戈麦斯 哦，亏了你提醒。这是我的名片，

上面有地址全称。信写到那儿，他就能收到。

不过，得要个几天，你知道的，哪怕走航空。

莫妮卡 接下名片，查尔斯。要是我写信给你，迈克尔，

你会回信吗？

迈克尔 当然啦，莫妮卡。

你知道，我这人不太会写信；

不过，偶尔会给你寄张明信片来，

好让你知道我得意着呢。

克拉夫顿勋爵 对，给莫妮卡写信。

戈麦斯 好了，再见吧，狄克。再见，莫妮卡。

再见，黑……黑明顿先生。

莫妮卡 再见，迈克尔。

[迈克尔与戈麦斯下]

卡格希尔夫人　是不是觉得太突然了呀,理查德。

也不算太突然。咱们里里外外都说到了。

不过我还有个自己的小消息。

明年秋天,我要按医生的建议,

去一趟澳大利亚。回来的时候,

戈麦斯先生邀我去圣马可看看。

我都激动死了!不过,我最开心的还是,

到时候能给你们带来迈克尔的消息。

既然咱们再度相逢了,可得一直保持联系哟。

不过,你现在还是休息一下吧。

你这样子有点儿乏了。我去送送他们。

[卡格希尔夫人下]

莫妮卡　噢,爸爸,爸爸,我好难过!

不过,也许,也许呀,迈克尔能长些记性。

我相信他会回来的。要是彻底失败了,

他就会想家,肯定会回到咱们身边来。

要是发达了呢,他会自信起来——

迈克尔缺的就是自信。爸爸呀,

他厌弃的不是你和我,而是他自己,

那个让他难为情的倒霉蛋。

他肯定还是爱咱们的。

克拉夫顿勋爵　　　　　莫妮卡,我的好孩子,

你这话说到了我的心坎上。我替迈克尔担心啊。

不过,你往好处想也没错。

等他回来时,要是他真的回来了,

我知道你和查尔斯会尽心尽力,

不会让他感觉生分。

查尔斯　我们一定。他回家来,我们时刻欢迎,

会尽我们所能帮助他。不过,你们俩一起

才是吸引他回来的动力:您和莫妮卡加一块儿。

克拉夫顿勋爵　我不会在这儿了。我对他说

这次可能就是生离死别,你也听到了。

现在我肯定就是这样。也许没什么不好。

莫妮卡　什么意思啊,爸爸?你要在这儿迎候他。

不过,有一件事我确信不疑:你得离开巴基利会所。

查尔斯　莫妮卡说得没错。您是该离开了。

克拉夫顿勋爵　说来你们也许讶异:我现在平和了。

了解真相带来痛悔,痛悔之后就是平和。

我干吗总想把持自己的孩子呢?

干吗要给迈克尔划一条狭路窄道呢?

因为我想在他身上延续我自己。

又干吗要把你留在身边呢,莫妮卡?

因为我装的那个人,我自以为是的那个人,

我想要你膜拜一辈子，这样

　　我好对自己的装模作样信以为真。

　　就在刚才，我才豁然明白什么才叫爱。

　　我们都以为自己知道，可真正明白的人寥寥无几！

　　我这会儿感觉挺幸福——虽然这样那样，

　　我还是有悖常理，得了幸福的眷顾。

　　我高兴啊，莫妮卡，

　　你找到了一个以**本色**让你去爱的人。

莫妮卡　爸爸啊，我一直都爱你，

　　不过，自打在这儿，在巴基利会所

　　了解你以后，我对你的爱更深了。

　　也因为爱上查尔斯，更加地爱你。

克拉夫顿勋爵　　　　　　是啊，亲爱的，

　　你爱的是真实的查尔斯，不是冒牌货，

　　不像你过去对我的爱。

莫妮卡　　　　　可现在不是了，爸爸！

　　我爱的是真实的你——现在的你，

　　不是过去以为的你。

克拉夫顿勋爵　　　还有迈克尔！——

　　我爱他，哪怕他不认我，

　　因为他不认的那个**我**，我也不认。

　　那个装模作样的我——我戒了；

　　我谁也不做，我活了。

生命是什么——找到了，死都值啊。

女儿呀，知道这世上还有一人——

你对他的爱超过你对爸爸的爱，

知道你爱也得到了爱——

我对你的爱也越发真切了。

既然我也爱迈克尔，我想，还是头一回呢——

记住，孩子，在爱的行动上，我不过刚刚入门——

那么，倒也不赖。

     我要离开一会儿。

查尔斯，你第一次来巴基利会所看我们，

情况和你想的完全不同吧。

不好意思，让你跟着见识了这么多

不太愉快的人和事。你们俩应该有点儿

在一起的时间。我把莫妮卡交给你了。

照顾好她，查尔斯，

现在到永远。我去散步了。

莫妮卡 这个时间？别走远，好吗？

你知道，这个季节，医生不让你在外边

待得太晚。黄昏的时候有凉意了。

克拉夫顿勋爵 是啊，黄昏的时候有凉意了。不过，

我会暖和起来。不走远。

       [克拉夫顿下]

查尔斯　他和以前大不一样了。

好像穿过一扇我们看不见的门，

再转过身来，望着我们，

目光在告别。

莫妮卡　我不明白他干吗要散步去。

查尔斯　想让咱们单独在一起呀！

莫妮卡　没错，他想让咱们单独在一起。

不过，查尔斯，今天我们单独在一起

不过几分钟，可我一直觉得……

查尔斯　我知道你要说什么！先前，

即便有迈克尔在，还有那些人，

咱们却玄而又玄，**就觉得**单独在一起呢。

因为不知怎么，咱俩就相依为命了，

而这种感觉……

莫妮卡　就是护佑咱俩的盾牌……

查尔斯　到了现在，就觉得冒出个新人来——

是你我连成的一体。

　　　　　　　亲爱的，

我对你是言有尽，爱无边。

真奇怪啊：语言竟然这般贫乏。

可是，就像哮喘病人要拼命呼吸，

人有了爱也得拼命把词来找。

莫妮卡　自打开天辟地起，我就爱着你。

你我还未出世，这让咱俩牵手的爱

一直都在。

　　　　　　爸爸呀，爸爸！

现在我能对你说了。

查尔斯　　　　　　我去找他。

莫妮卡　咱俩一块儿。他就在附近，

不过人走得太远，回不来了。

他在山毛榉树下呢。那里凉静静。

他谁也不做，成他自己了。

现在他只是我爸，迈克尔的爸。

我真高兴啊。奇怪吧，查尔斯，

人在这时还会高兴？

查尔斯　　　　　一点也不怪。

逝者把祝福全给了活着的人。

莫妮卡　我既坚信这爱亘古不变，

老迈衰朽又何所惧？

困厄坎坷我不怕，

哪怕死亡

也不能让我惊恐、绝望。

　　　　　　　你让我感到安全无比。

我是你的一部分。带我去找爸爸吧。

　　　　　　幕　落

译名对照表

莫妮卡·克拉夫顿-费里	Monica Claverton-Ferry
查尔斯·黑明顿	Charles Hemington
兰贝特	Lambert
克拉夫顿勋爵	Lord Claverton
费德里克·戈麦斯	Federico Gomez
皮戈特夫人	Mrs. Piggott
卡格希尔夫人	Mrs. Carghill
迈克尔·克拉夫顿-费里	Michael Claverton-Ferry
圣马可	San Marco
巴基利会所	Badgley Court

附录

授奖词

瑞典文学院常务秘书　安德斯·奥斯特林

乔凌　译

  在诺贝尔文学奖获得者给人深刻印象的行列中，T.S.艾略特显得与那类通常获奖的作家截然不同。他们中的大多数人代表了一种在大众意识中寻求自然联系的文学，为了达到这目的，他们或多或少是用现成的手法。而今年的获奖者则选择了另一条道路。在一个排外和自我意识到的孤独位置中，艾略特渐渐产生了深远的影响，正是在这一点上，他的事业不同寻常。艾略特一开始似乎只是为一个懂诗的小圈子写诗，然而这个圈子不以他主观愿望为转移，慢慢地扩大了。所以，在艾略特的诗歌和散文中有一种很特殊的声音，这种声音使我们这个时代不得不加以重视，这是以一种钻石般的锋利切入我们这代人的意识的能力。

  在艾略特的一篇论文中，他提出一个客观的、独到的论点：我们当代文明中的诗人只能是难以理解的。"我们的文明，"他说，"包含着极大的多样性和复杂性，这些多样性和复杂性影响于细腻的感性，必然产生各种复杂的结果。诗人必须变得愈来愈包罗万象，愈来愈隐晦，愈来愈间接，这样才能够迫使语言，必要时甚至打乱语言来表达他的意思。"

在这样一篇声明的背景中，我们就可以来检验他的成果，从而理解他所作的贡献的重要意义。这样做是值得的。艾略特最初就是以他在诗歌中富有意义的尝试博得声誉。《荒原》问世于1922年，当初曾在好些方面显得令人费解，那是因为它复杂的象征性语言，镶嵌艺术品一般的技巧，博学的隐喻的运用。人们可以回顾一下，这部作品正好与当时另一部对于现代文学起了轰动一时影响的先锋派作品在同一年发表，那部作品是引起人们广泛议论，出自爱尔兰巨匠詹姆斯·乔伊斯之手的《尤利西斯》。这种平行性并非偶然，因为1920年左右的作品，无论在精神上还是在创作方式上，都是十分相像的。

《荒原》——当它晦涩而娴熟的文字形式最终显示出它的秘密时，没有人会不感受到这个标题的可怕含义。这篇凄凉而低沉的叙事诗意在描写现代文明的枯燥和无力，在一系列时而现实时而神话化的插曲中，景象相互撞击，却又产生了难以形容的整体效果。全诗共有四百三十六行，但实际上它的内涵要大于同样页数的一本小说。《荒原》问世已有四分之一个世纪了，但不幸的是，在原子时代的阴影下，诗灾难性的预见在现实中仍有着同样的力量。

此后，艾略特又着手从事一系列同样辉煌的诗歌创作，追求着一个痛苦的、寻求拯救的主题。在一个没有秩序、没有意义、没有美的世俗世界中，现代人"可怕的空虚"以一种强烈的诚实跃然纸上了。在他最近的一部作品《四个四重奏》（1943）中，艾略特的文字炉火纯青，仿佛达到了沉思冥想的音乐境界，还有几乎像是礼拜仪式的合唱，细腻而精确地表达了他的心灵。超验的上层建筑在他的世界图像中更加明确清晰地竖立了起来。同时，在他的戏剧作品中出现了一种明显的努力，追求一种肯定的、具有指导作用的信息，这特别是表现在写坎特伯雷的托马斯的大型历史剧——《大教堂凶杀案》（1935）中，但也表现在《合家团聚》（1939）中——这是将基督教关于原罪的教义与古希腊的命运神话结合起来的一次大胆的尝试，戏放在一个完全现代的环境中，场景设在北英格兰的一所乡村茅舍。

艾略特作品中的纯诗歌部分在数量上并不大，但是它现在屹立在地平线上，宛如升起在大海上的一座岩峰，并无可争辩地形成一座里程碑，有些时候还真显得像大教堂的神秘的曲线。这些诗歌打上了他鲜明的印记，具有严格的责任感和非凡的自我约束能力，摒弃了所有抒情的老调，完全着墨于实质性的事物上，严峻、硬朗、质朴，但又不时地为来自奇迹与启示的永恒空间的光芒照耀。

要真正了解艾略特，总是会遇到需要解决的难题，还有需要克服的障碍，但这样做时又是令人鼓舞的。这位在写作形式上激进的先驱，当今诗歌风格革命的创始人，同时也是一个具有冷静推理和精细逻辑的理论家，他从不厌倦地捍卫历史的观点以及为了我们生存而存在的固有道德规范的必要性。这样说或许会显得有些矛盾，还在本世纪四十年代他就在宗教上成为英国国教的信奉者，在文学上成为古典主义的坚决支持者。从这个生活的哲学观来看——这意味着他一直要回到由漫长的年代确立的理念上来——似乎他的现代派实践会同他的传统理论发生冲突。但并非如此。事实上，在一个作家能力所及的范围内，他一直不断地努力在这个鸿沟上架接桥梁，并取得了不同程度的成功，因为他必然充分地并且可能痛苦地意识到了这种鸿沟的存在。他早期的诗歌——在其整体技巧形式上如此令人震惊地互不联系，如此认真地咄咄逼人——最终也可理解为对某种思想的否定式的表达，这种思想致力于达到更崇高、更纯洁的现实，但必须首先摆脱它自身的嫉恶和冷嘲。换句话说，他的叛逆是一种基督教诗人的叛逆。在此还应注意的是，总的说来，相对于宗教力量，艾略特非常注意不去夸大诗歌的力量。他只是在想说明诗歌确实能对我们的内心生活有何作用的时候，才极其小心地并有所保留地这样做，"它可以经常使我们更多地懂得一点那些更深的、无名状的感觉，正是这些感觉构成了我们存在的基础，而我们又很少能看透它们，因为我们的生活往往是对我们自己的不断回避"。

因此，如果说艾略特的哲学位置恰恰是在传统基础之上的，那么仍然应当记住，他不断指出的那个词在当今的辩论中是怎样被普遍地误用着。"传统"这个词本身包含着运动的意思，包含着某种不可能是静止的事物不断地为人传递并且吸收的意思。在诗歌传统中，这个活生生的原则也是通行的。现成的文学作品形成了一个理想的秩序，但是在每一部新的作品加入它的行列时，这个秩序都略微改变了。比重和价值都在不停地起着变化。正如老的指导新的一样，新的也反过来指导着老的，一个认识到这一点的诗人必须也认识到他的困难和责任的程度。

从外表上看，现年六十岁的艾略特回到了欧洲——那古老的，风雨飘摇的，然而仍不失其令人敬仰的文化传统之故乡。他出生在美国一个于十七世纪末自英格兰移居来的清教徒的家庭。他年轻时在索邦大学、马尔堡大学及牛津大学学习的年代就清楚地显示出，在内心深处他同"旧世界"的历史背景更为接近，于是自1927年后，艾略特先生成为一位英国公民。

在这个授奖仪式上，要将艾略特作为一个作家的特点的复杂多重性全部阐述出来是不可能的，只能从他那些最为突出的特点中略举一二。其中一个显著特点是他高度的、富有哲学修养的智力，这种智力成功地使想象和知识、思想的敏感性和分析力一起发挥了作用，他常能在思想和美学观点上使人重新考虑重要的问题，艾略特在这一点上也是非凡的。无论人们对他的评价会多么迥异，对于这点都从无否定，即在这个时期，艾略特是位杰出的提出问题的人，并赋有发现恰切词汇的卓越才能——这既表现在诗歌语言上，也表现在捍卫论文中的观点中。

他写过关于但丁的最杰出的研究著作之一，这也绝非出自偶然。在他痛苦的哀惋中，在他形而上学的思维方式中，在他对于世界秩序热烈的渴望中——这种渴望来自宗教——艾略特的确具有与这位伟大的佛罗伦萨诗人在某些方面的联系。在他自己环境的种种情况中，他可以合情合理地被看作是但丁最年轻的继承人之一，这为他增添了荣誉。在艾略特传达的信息中我们听到了发自其他时代的庄严回声，然而这种信息在给予我们这个时代和当今活着的人时，其真实性并无丝毫减少。

艾略特先生，根据证书，这个奖励的授予主要是因为欣赏您对当代诗歌做出的卓越贡献和所起的先锋作用。我在此尽力对于这项受到本国许多热情读者钦佩的极其重要的工作作了扼要的介绍。

恰恰是在二十五年前,在您所在的位置上站立着另一位以英语写作的著名诗人——威廉·勃特勒·叶芝;今天您作为世界诗歌漫长历史中一个新阶段的带领人和战士接过这个荣誉。

现在,我代表瑞典文学院向您祝贺,请您从王储殿下手中领奖。

受奖演说

T.S. 艾略特

乔凌 译

当我最初开始考虑今晚上要对你们说些什么时,我只是想对瑞典文学院授予我的崇高荣誉表示我的感激之情。不过,要充分做到这一点并非易事:我的职业是与言语打交道,而在这一刻,言语却超越了我的掌握。如果仅仅说我意识到已获得了一个文人所能得到的最高国际荣誉,其实只是说了每个人都已知晓的事。倘若要表白我自己的受之有愧,则会对文学院的睿智投上怀疑的阴影。假如要赞扬文学院,又会使人们想到,我,作为一个文学批评家,赞同人们对作为一个诗人的我的承认。因此我是否能够请求:让这些都作为想当然的事而不用多说了——当我得悉自己获奖,我感受到了任何一个人在这样的时刻都会体会到的正常的欣喜和虚荣的感情,既乐于听到人们溢美之词,又对一夜之间成为一个公众注意的人物的种种不便感到烦恼。要是诺贝尔奖与其他的奖在种类上是相同的,而只是在程度上高一些,我仍会努力去找到感激之词,但既然它与任何一种奖都截然不同,要表达一个人的感情就需要语言所不能给予的帮助了。

因此我必须努力用一种不那么直接的方式来表达我自己的感情，那就是向你们谈一谈我对诺贝尔文学奖的意义的认识。如果它仅仅是对成就的承认，或对一个作者的荣誉已越过他自己的国界和语言的承认，我们可以说，几乎任何一个时刻的任何一个人都不比其他人更值得这样荣光非凡。但我在诺贝尔奖里看到了一些多于，而且不同于这种承认的东西。在我看来，这更是一种对个人的挑选，从一段时间到一段时间，从一个国家到一个国家，由一种恩惠似的东西挑选出来，去履行一个独特的职责，成为一种独特的象征。一场仪式得以举行，借此一个人突然被赋予某种他以前未曾履行过的职责。问题不在于他是否值得被挑选出来，而在于他是否能履行你们分配给他的职责；这就是要像任何人能做到的那样，作为一个代表去作出努力，代表着比他自己所写的东西的价值要重要得多的东西。

诗歌通常被认为是最具地方色彩的艺术，绘画、雕塑、建筑和音乐都可以被所有能听或能看的人欣赏。但是语言，尤其诗的语言，是一件不同的事。似乎，诗歌把人们分离开来而不是团结拢来。

另一方面，我们却又必须牢记，虽然语言构成了一个障碍，诗歌本身却给我们一个去努力克服障碍的理由。欣赏属于另外一种语言的诗歌，就是欣赏对说这一语言的人民的理解，一种我们不能在其他方式中获得的理解。我们也不妨想一想欧洲的诗歌史——一种语言的诗歌怎样能给另一种语言的诗歌以巨大影响。我们必须牢记，每一个有成就的诗人从与他自己不同语言的诗歌中获得的巨大收益。我们还不妨考虑一下，要是诗没有受到外国诗的哺育的话，每一个国家和每一种语言的诗都会衰亡和消失。当一个诗人对他自己的人民说话，对他起了影响的其他语言的诗人的声音也在说话，与此同时他自己也是在对其他语言的青年诗人说话；这些诗人将会把他的生活景象的一部分和他的人民精神的一部分传递到他们自己的作品中去。部分由于他对其他诗人的影响，部分通过翻译——这必须是其他的诗人对他的诗的一种再造，部分通过那些与他运用同一语言，虽说自己不是诗人的读者，诗人能够为促进不同民族之间的理解作出贡献。

在每一个诗人的作品中，必然会有许多只能对那些与诗人居住同一地区、使用同一语言的人才有魅力的东西。尽管如此，"欧洲的诗"一词是有意义的，甚至"全世界的诗"一词也有着意义。我认为，在诗歌中，不同国度和语言的人民——虽说不管在哪一个国家中都只是通过一小部分人——能获得一种相互理解，这种理解虽然不全面，却至关重要。我认为诺贝尔文学奖——当她奖给一个诗人时——主要是对诗的国际价值表示肯定。要作出那样的肯定，就必须不时指定一名诗人。于是我此刻站在你们前面，不是凭着我自己的成就，而是就一段时间来说，作为一个象征，象征着诗的重要意义。

* * *

在授奖之前，瑞典文学院的古斯塔夫·赫尔斯特洛姆说了这样一段话："谦卑也是艾略特先生你视为人的德行的一大特点。'我们唯一能希望获得的智慧是谦卑的智慧。'一开始时这似乎不可能是你远见卓识的最后结果。你生于美国的中西部，那里垦荒精神依然蓬蓬勃勃，又在波士顿长大，那可是清教传统的要塞。你在青年时代来到欧洲，接触到古老的世界战前的文明类型。爱德华七世、威廉皇帝、第三共和国、"风流寡妇"的欧洲。这样的接触对你是一大震惊，在《荒原》中你把这一震惊表达得淋漓尽致，诗中欧洲文明的混乱和庸俗成了你尖锐批评的目标。但在批评下面又有着深沉和痛苦的幻灭，在这片幻灭中生长出同情，从同情中又出现了越来越强的欲望——要从混乱的废墟中抢救出一些残存的东西，借此秩序和稳定性也许能得以恢复。你在现代文学领域中长期以来占有的地位，使人想要将其与西格蒙德·弗洛伊德二十五年前在心理学领域中的地位作一比较。如果我们能作一比较的话，他创建的心理分析疗法的新颖也许可与你用来传达你信息的革命形式媲美。这条比较的路还可再走得远一些。对弗洛伊德来说，混乱最深的原因在于现代人的文化的不安定。按照他的意见，人们必须努力得到一种集体和个人之间的平衡，这一平衡就必须始终考虑到人的原始冲动。你，艾略特先生，持了相反的意见。在你看来，人的获救在于文化传统的维持，在我们更成熟的岁月里，这在我们身上比原始有着更强的生命力。我们如果要避免混乱就得维持文化传统。传统不是我们压在身上的死气沉沉的负担，在我们青年时代对于自由的向往中，我们曾试图把这种负担甩掉。传统恰恰是未来收获的种子将要撒下的土壤。作为一个诗人，艾略特先生，你对同时代人和年轻的同行所起的影响，也许比我们时代的任何一个人都要深远。"

艾略特小传*

乔凌 译

托马斯·斯特恩斯·艾略特（1888—1965）生于密苏里州圣路易斯一个古老的新英格兰家庭。他在哈佛大学中受到教育，然后又在索邦大学、哈佛大学、牛津大学攻读哲学研究生课程。在英国他定居了下来，一度做过学校教师和银行职员，最后成了费伯与费伯出版社的编辑，以后又成了这家出版社的董事长。他创建了并在十七年的时间里（1922—1939）主编了专门性很强、影响很大的杂志《准则》。1927年，艾略特加入英国籍，并于差不多同一时间入了英国国教。

艾略特是二十世纪诗歌最有勇气的创新者之一。他恪守自己的信念，从不对公众或语言本身妥协，认为诗歌的目的在于用语言重新表现现代文明的复杂性，这种新的表现必然导致深奥的诗。尽管深奥，他对现代诗学的影响是巨大的。艾略特的诗，从《普鲁弗洛克》（1917）到《四个四重奏》（1943），反映了一个信奉基督教的作家的发展过程：早期作品，尤其是《荒原》（1922），基本上是持否定态

---

* 译自霍恩特·布兰兹编的《诺贝尔奖获得者讲演录·文学卷》，爱斯维亚出版社，1969年。

度的，这是对那样一种恐惧的表达，因而对一个更高世界的追求开始了。在《灰星期三》(1930)和《四个四重奏》中，这个更高的世界已变得隐约可见，尽管如此，艾略特始终小心从事，不让自己成为一个"宗教诗人"，还常常贬低诗歌作为宗教力量的能力。然而，他的戏剧《大教堂凶杀案》(1935)和《合家团聚》(1939)，显然为基督教作了辩护。在他的文章中，尤其是晚年的文章，艾略特主张宗教，社会和文学中的传统主义，这似乎与他作为诗人的先驱性活动相矛盾。虽说写出《关于文化定义的想法》的艾略特是比写出《荒原》的诗人要老了，人们还是不应该忘记，对于艾略特来说，传统是一个充满活力的有机体，包含了不断相互作用着的过去和现在。艾略特的剧本《大教堂凶杀案》(1935)、《合家团聚》(1939)、《鸡尾酒会》(1949)、《机要秘书》(1954)、《老政治家》(1959)发表于1962年的一卷本中。《诗选》问世于1963年。

诺贝尔文学奖作家文集 · 福克纳卷 · 路易斯卷

寓言
[美] 威廉·福克纳 / 著
王国平 / 译
定价：50.00元

水泽女神之歌
——福克纳早期散文、诗歌与插图
[美] 威廉·福克纳 / 著
王冠 远洋 / 译
定价：30.00元

士兵的报酬
[美] 威廉·福克纳 / 著
一熙 / 译
定价：45.00元

押沙龙，押沙龙！
[美] 威廉·福克纳 / 著
李文俊 / 译

即将上市

喧哗与骚动
[美] 威廉·福克纳 / 著
李文俊 / 译
定价：46.00元

我弥留之际
[美] 威廉·福克纳 / 著
李文俊 / 译
定价：38.00元

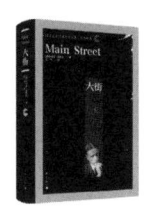

大街
[美] 辛克莱·路易斯 / 著
顾奎 / 译
定价：55.00元

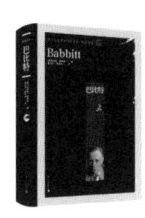

巴比特
[美] 辛克莱·路易斯 / 著
潘庆舲 姚祖培 / 译
定价：50.00元

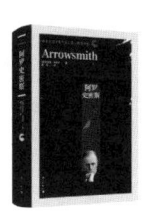

阿罗史密斯
[美] 辛克莱·路易斯 / 著
顾奎 / 译
定价：78.00元

漓江的书，买了再说！

诺贝尔文学奖作家文集 · 加缪卷 · 泰戈尔卷

鼠疫
[法]阿尔贝·加缪 / 著
李玉民 / 译
定价：48.00元

局外人
[法]阿尔贝·加缪 / 著
李玉民 / 译
定价：45.00元

第一人
[法]阿尔贝·加缪 / 著
李玉民 / 译
定价：48.00元

卡利古拉
[法]阿尔贝·加缪 / 著
李玉民 / 译
定价：50.00元

西绪福斯神话——论荒诞
[法]阿尔贝·加缪 / 著
李玉民 / 译
定价：35.00元

戈拉
[印]泰戈尔 / 著
唐仁虎 / 译
定价：65.00元

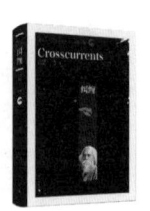

纠缠
[印]泰戈尔 / 著
倪培耕 / 译
定价：48.00元

沉船
[印]泰戈尔 / 著
杉仁 / 译
定价：53.00元

泡影
——泰戈尔短篇小说选
[印]泰戈尔 / 著
倪培耕 / 译
定价：58.00元

漓江的书，买了再说！

诺贝尔文学奖作家文集·普吕多姆卷·黛莱达卷·米斯特拉尔卷

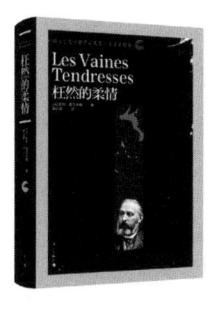

枉然的柔情
［法］苏利·普吕多姆／著
胡小跃／译
定价：50.00元

邪恶之路
［意］格拉齐娅·黛莱达／著
黄文捷／译
定价：50.00元

常青藤
［意］格拉齐娅·黛莱达／著
沈萼梅／译
定价：56.00元

风中芦苇
［意］格拉齐娅·黛莱达／著
蔡蓉 吕同六／译
即将上市

柔情
［智］加布列拉·米斯特拉尔／著
赵振江／译
定价：50.00元

爱情书简
［智］加布列拉·米斯特拉尔／著
段若川／译
定价：30.00元

漓江的书，买了再说！

诺贝尔文学奖作家文集 ⊙ 纪德卷·丘吉尔卷

漓江的书，买了再说！

背德者·窄门
[法]纪德 / 著
李玉民 / 译
定价：46.00元

伊恩·汉密尔顿行军记
[英]温斯顿·丘吉尔 / 著
刘勇军 / 译
定价：48.00元

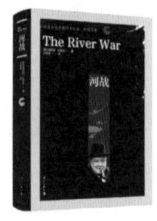

河战
[英]温斯顿·丘吉尔 / 著
王冬冬 / 译
定价：60.00元

从伦敦，经比勒陀利亚，到莱迪史密斯
[英]温斯顿·丘吉尔 / 著
张明林 / 译
定价：50.00元

我的非洲之旅
[英]温斯顿·丘吉尔 / 著
张明林 / 译
定价：42.00元

诺贝尔文学奖作家文集 ⊙ 保尔·海泽卷·塞弗尔特卷·吉勒鲁普卷

特雷庇姑娘
[德]保尔·海泽/著
杨武能/译
定价：55.00元

紫罗兰
[捷克]雅罗斯拉夫·塞弗尔特/著
星灿 劳白/译
定价：59.80元

磨坊
[丹麦]吉勒鲁普/著
吴裕康/译
定价：69.80元

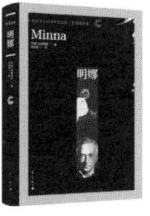

明娜
[丹麦]吉勒鲁普/著
吴裕康/译
定价：50.00元

漓江的书，买了再说！

诺贝尔文学奖作家文集

叶芝卷 · 显克维奇卷 · 梅特林克卷

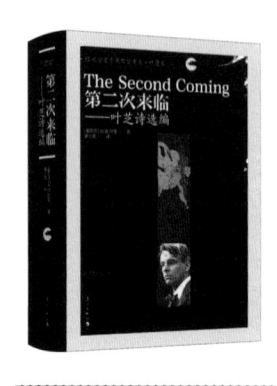

漓江的书，买了再说！

第二次来临
——叶芝诗选编
［爱尔兰］W.B.叶芝／著
裘小龙／译
定价：68.00元

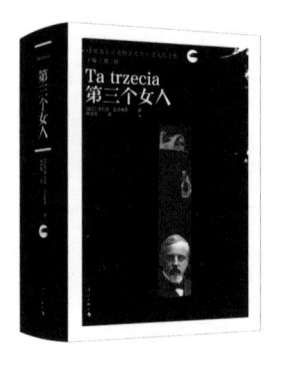

第三个女人
［波兰］亨利克·显克维奇／著
林洪亮／译
定价：88.00元

花的智慧
［比］莫里斯·梅特林克／著
周国强 谭立德／译
定价：46.00元

图书在版编目（CIP）数据

大教堂凶杀案/（英）艾略特著；李文俊，袁伟译
.-- 桂林：漓江出版社，2023.9
（诺贝尔文学奖作家文集）
ISBN 978-7-5407-8600-7

I.①大… II.①艾… ②李… ③袁… III.①诗剧-
剧本-作品集-英国-现代 IV.① I561.35

中国版本图书馆 CIP 数据核字 (2019) 第 005626 号

DAJIAOTANG XIONGSHA AN
大教堂凶杀案

［英］T.S. 艾略特　著
李文俊　袁伟　译

出　版　人：刘迪才
策划编辑：辛丽芳
责任编辑：辛丽芳
书籍设计：石绍康
责任监印：张璐

出版发行：漓江出版社有限公司
社址：广西桂林市南环路 22 号　邮编：541002
发行电话：010-85891290　0773-2582200
邮购热线：0773-2582200
网址：www.lijiangbooks.com
微信公众号：lijiangpress
印制：北京中科印刷有限公司
［北京市通州区宋庄工业区 1 号楼 101 号　邮编：101118］
开本：880mm×1230mm　1/32
印张：8.125　字数：174 千字
版次：2023 年 9 月第 1 版　印次：2023 年 9 月第 1 次印刷
书号：ISBN 978-7-5407-8600-7
定价：52.00 元

漓江版图书：版权所有，侵权必究
漓江版图书：如有印装问题，请与当地图书销售部门联系调换